Gangolf

der

GROßE

oder

Das

Leben

des

Nessel

Das Werk

Vorliegende märchenhafte Erzählung kündet vom gelungenen Miteinander diversester Personen in einer fiktiven Behörde. Die kleinen dramatischen Ereignisse spielen in einem Land der Phantasie, und zwar in Sylvanien, von dem jeder Mensch mit gediegener Halbbildung weiß, dass es nur in der möglicherweise kranken Vorstellungskraft des Verfassers zu existieren in der Lage ist.
Ähnlichkeiten mit den noch lebenden und im Büchlein beschriebenen Figuren sowie mit tatsächlichen Geschehnissen wären rein zufällig und werden so verzerrt wiedergegeben, dass irgendwelche Unterlassungs- bzw. Rufschädigungsklagen keinerlei Aussicht auf irgendeinen Erfolg haben, zumal der Verfasser auf Wunsch jederzeit ein psychiatrisches Gutachten vorlegen kann, aus dem sich absolute Schuldunfähigkeit gewissermaßen mühelos ablesen lässt.

1.

Der Wecker schrillte und er erwachte langsam. Auf der Zunge spürte er den herben Geschmack, den der Genuss von erheblichen Mengen heimatlichen Bieres herbeizuführen vermag.

Obwohl er diesen Zustand jeden Morgen genießen durfte, hatte er sich noch immer nicht an ihn gewöhnt. So kämpfte er wie jeden Morgen gegen die morgendliche Übelkeit, die sich weiter verstärkte, als er unglückseligerweise die Umrisse seiner Frau, die neben ihm lag, wahrzunehmen begann.

Tapfer öffnete er seine Augen und überließ sich jenem Anblick, der ihn jeden Morgen aufs Neue erschütterte.

Sie hieß nicht nur Gertrude, sondern sah auch genauso aus. Im Augenblick wirkte sie besonders trostlos. Mit weit geöffnetem Mund schnarchte sie vor sich hin und aus ihrem Rachen wehte der Wind des Verderbens, der sogar Gangolfs Ausdünstungen gänzlich überdeckte.

Eine neue Welle der Übelkeit schüttelte ihn und zum Ausgleich stieß er seinen rechten Ellbogen in Gertrudes gut gepolsterten Rippen, was Gangolfs freundlich gedachte Aufforderung, nunmehr aufzuwachen, aufzustehen und sich zur Bereitung des Frühstücks in die Küche zu trollen, darstellen sollte.

Gertrude schrak aus tiefem friedfertigem Schlummer und mit einem jahrzehntelang trainierten Reflex schlug ihre linke Faust, die man als Tribut an die Ehrlichkeit besser als Riesenpranke bezeichnen sollte, in Richtung dessen, was mit etwas gutem Willen durchaus als Gangolfs Kopf beschrieben werden könnte.

Gangolf schien diese Reaktion aber antizipiert zu haben, denn mit einer Behändigkeit, die ansonsten nur beim Bier trinken an ihm wahrzunehmen war, sprang er aus dem Doppelbett und die Riesenhand schlug mit Getöse im leeren Kopfkissen ein.

Gangolf ging es sofort glänzend. Im internen Schlagabtausch im jahrzehntelangen Ehekrieg war er an diesem Tag mit einem überraschenden 1:0 in Führung gegangen.

Mit graziler Anmut bewegte er sich in Richtung Badezimmer, öffnete den Rollladen und stellte sich furchtlos vor den Spiegel.

Der Anblick, der hier geboten wurde, war nur etwas für Männer ohne Nerven.

Der dicke Kopf, bedeckt mit Relikten, die mit viel Phantasie als Haare identifiziert werden konnten, schielende, blutunterlaufene Augen, die ihre Funktion nur noch mit Hilfe von Ferngläsern aufrechtzuerhalten vermochten und ein Teint, der in seiner ungesunden Blässe unwillkürlich den Gedanken an eine schon lang abgelagerte Wasserleiche aufkommen ließ, hätte in jeder Geisterbahn auch den abgefeimtesten Besuchern zum erwünschten Gruselkick verholfen.

Gangolf aber war hartgesotten, eine etwas arg kurz geratene deutsche Eiche, ein sylvanischer Beamter eben. Nachdem er seine Morgentoilette beendet hatte, setzte er seine gewichtige Brille auf und bewunderte seinen Körper. Der kaum vorhandene Hals störte ihn nicht, da er diesen dann auch nicht zu waschen brauchte. Sein Blick glitt herab zu seinem massiven Bierbauch, der ihm den Anblick seiner Füße nicht mehr gestattete und den er in geselliger Runde gern als Massengrab für alles Ess- und

Trinkbare bezeichnete und womit er den Nagel sicher auf den Kopf getroffen hatte.

Das zutreffende Gefühl, absolut einmalig zu sein, beschlich ihn jeden Tag aufs Neue und war durchaus berechtigt.

Da wurde seinen heiter friedvollen Gedanken ein jähes Ende bereitet.

Gertrude hatte sich unbemerkt und heimtückisch von hinten an ihn herangeschlichen und ihre Faust war zum 1:1 Ausgleich auf seinem Hinterkopf eingeschlagen.

Gangolf ging ob der Wucht des erlittenen Hiebes sofort in die Knie und ihm wurde schwarz vor den Augen.

Dieses Gefühl war ihm nicht ganz unbekannt und auch die Wut, die explosionsartig in ihm hochschoss, kam ihm irgendwie vertraut vor.

Er hätte so gerne zurückgeschlagen, aber Gertrude, die mit einem überlegen wirkenden Lächeln vor ihm stand, war ein zu starker Gegner. Um ihre imposante Brünhildgestalt mit einiger Aussicht auf Erfolg und eigenes Überleben niederringen zu können, hätte es einer Panzerfaust bedurft. Eine solche befand sich zu seinem großen Bedauern nicht in unmittelbarer Reichweite.

So knirschte er nur mit den wenigen ihm verbliebenen Zähnen, fischte die Zahnprothese aus ihrer nächtlichen Deponie und schlurfte in die Küche, um nun das Frühstück in eigener Regie zuzubereiten.

Auf dem Weg dorthin erregte der Pudel seiner ungeliebten Ehefrau, den er ebenso hasste wie diese, seine Aufmerksamkeit.

Und da er gelesen hatte, dass aufgestaute, nicht abreagierte Frustrationen unweigerlich zu schweren Erkrankungen führen, versetzte er dem arglosen Pudel Adolf einen befreienden Tritt und betrat nunmehr fröhlich gestimmt das Wohnzimmer, um dort die am Vorabend zur Strecke gebrachten Bierflaschen zu inspizieren. Er zählte 12 Flaschen und war sehr zufrieden mit seinem gezeigten Leistungsvermögen.

Danach betrat er die Küche, in der sich bereits Tochter Gundi im wahrsten Sinne des Wortes breitgemacht hatte. Sie war sein ganzer Stolz und ihm wie aus dem Gesicht geschnitten. Aber das war ihr noch nicht bewusst und das war auch gut so.

Gundi forderte ihn liebevoll auf, sich zu setzen und servierte ihm Kaffee sowie den gesamten Inhalt des prall gefüllten Kühlschrankes. Misstrauisch geworden ob soviel Aufmerksamkeit, harrte Gangolf der Dinge, die da noch kommen sollten. Und sie kamen.

Kaum waren die ersten vier Brötchen verschlungen und ein Liter Kaffee inhaliert, begann Gundi von den Vorteilen eines eigenen Autos zu schwärmen. Damit könne sie ganz bequem die 500 Meter entfernte Schule erreichen, in der ihr der ehrenvolle Titel „Älteste Abiturientin aller Zeiten" nicht mehr zu nehmen war, würde für die Mama die Einkäufe erledigen und ihren Lieblingspapa zu jeder Zeit und vor allem in jeder Lage sicher und gefahrlos aus seiner Stammkneipe „Rainers gudd Stubb" abholen können.

Während Punkt eins und zwei der Argumentation Gangolf nicht so recht zu überzeugen vermochten, leuchtete ihm die Logik des dritten Arguments sofort ein.
Vorsichtig gab er daher zu, dass die ganze Sache durchaus überlegenswert sei, aber aus Gründen der geschlechtlichen Gleichbehandlung auch die liebe Mama, womit er zweifelsfrei Gertrude meinte, am Entscheidungsprozess zu beteiligen wäre.
Im selben Moment rauschte diese in die Küche, wurde umgehend über die Problematik informiert und verkündete, nachdem sie das Für und Wider äußerst sorgfältig abgewogen hatte, ohne Zögern, dass dies auf keinen Fall in Betracht gezogen werden könnte.
Da sie auf eine Begründung verzichtete, wussten Gundi und Gangolf, dass damit die Angelegenheit erledigt und Widerspruch nicht zugelassen war.
Gleich, nachdem das Frühstück beendet war, zwängte Gangolf seinen überdimensionierten Körper in seinen blauen Anzug. Es handelte sich dabei um ein sehr strapazierfähiges Kleidungsstück, da Nessel eben diesen Zweireiher an jedem Arbeitstag in den letzten zwanzig Jahren zu tragen beliebte. Man achtete halt sehr auf Qualität im Hause Nessel.
Nach einem kurzen und wie er glaubte unbemerkten Abstecher in das Wohnzimmer, in dem die Haushaltskasse verwahrt wurde und der er fünfzig Euro entnahm, wollte er mit einem fröhlichen „Servus" seine Heimstatt verlassen.
Er hatte es auch schon beinahe geschafft. Bevor er jedoch die rettende Haustür erreichen konnte, schob sich Gertrude

bedrohlich wie ein weiblicher Sumo-Ringer zwischen ihn und den nahen Fluchtweg.

Mit schnellen routinierten Bewegungen tastete sie ihn ab und filzte den Inhalt sämtlicher Taschen. Mit siegesgewissem Lächeln beschlagnahmte sie dann den sicher geglaubten „Fuffi" und gab ihm dafür gönnerhaft den täglichen 10 Euro Schein.

Anschließend erteilte sie ihm die üblichen Ermahnungen, unter anderem riet sie ihm, mit dem anvertrauten Geld sparsam umzugehen und ihr noch etwas Schönes aus der Stadt mitzubringen.

Endlich war er entlassen und wurde mit einem freundlich gedachten Fußtritt auf den Weg gebracht.

2.

Gangolf stand nun auf der Straße, die zum Bahnhof führte und schnaubte vor Wut.

Schon wieder hatte er das Nessel-Duell verloren. Knapp zwar, immerhin war er in Führung gegangen, aber den entscheidenden Treffer hatte wie so oft Gertrude gesetzt.

Er hasste seine Frau, dieses Mammut und Supertrampeltier, wie er sie gerne zu bezeichnen pflegte, allerdings nur heimlich und wenn Gertrude weit weit weg war, da er in den sich dann zweifellos ergebenden Kampfhandlungen absolut chancenlos gewesen wäre.

So ging er mal wieder seiner Lieblingsbeschäftigung nach, als er zum Bahnhof trabte.

Er schmiedete Mordpläne.
Heimlich würde er die hohe Kunst der Selbstverteidigung erlernen. Und eines Tages, Gundi war außer Haus, würde er sie zum Kampfe fordern. Mit stahlharter Faust wollte er sie auseinander nehmen. Schön langsam selbstverständlich. Das Erstaunen in ihrem feisten Gesicht würde in grauenvolles Entsetzen verwandelt, sobald sie seine grenzenlose Überlegenheit anerkennen musste. Vor seinem geistigen Auge fiel sie auf die Knie, umklammerte seine Beine und winselte lang anhaltend um Gnade. Sie bot ihm den Inhalt der gesamten Haushaltskasse, wenn er sie nur verschonen würde.

Aber Gangolf, der letzte lebende Samurai, schüttelte nur angewidert sein weises Haupt und vollendete dann das blutige Werk.

Die Überreste wollte er zu Hundefutter verarbeiten. Gundi und den neugierigen Nachbarn würde er erzählen, dass Gertrude übergeschnappt und spurlos verschwunden sei.

Der Lärm des herannahenden Zuges riss ihn aus seinen Blütenträumen und so betrat er heiter und gelöst das Abteil.

Dort hing er weiter seinem großen Traum nach.

Das dolce vita könnte beginnen.

Sobald Gertrude aus dem Weg geräumt war, konnte er sich getreu dem Vorbild des sylvanischen Landesvaters Osram Lacoste in den sündhaftesten Rotlichtbars vergnügen.

Alles, was das teutonische Männerherz begehrte, würde er sich gönnen. Das Leben könnte so schön sein. Wäre er doch nur Ministerpräsident oder zumindest Witwer.

Seufzend verließ er den Zug, der mittlerweile in der Landeshauptstadt Sylbrücken angekommen war und machte sich auf den Fußmarsch in Richtung seiner Dienststelle.
Unterwegs zu seinem kleinen Fürstentum, wie er nicht müde wurde zu betonen, durchquerte er viele Straßen Sylbrückens.
Sein Blick suchte ständig den Anblick ansprechender weiblicher Wesen, auf dass er erfreut werde. An diesem Morgen kreuzte jedoch keine anziehende Eva, die es Wert gewesen wäre ausgezogen zu werden, seine Pfade.
Entsprechend missgestimmt stand er schließlich vor seinem Dienstgebäude. Dieses war ein überaus hässlicher Zweckbau, der in seiner phantasielosen Funktionalität einem überdimensionierten Katzenklo erschreckend ähnlich sah. Der geniale Komponist des späteren Welthits „Katzenklo" muss jenes Gebäude vor Augen gehabt haben, als er sein Jahrhundertwerk schuf.
Die Schachtel, quadratisch, unpraktisch und unschön wie eine Magenschleimhautentzündung, war direkt an der Autobahn gebaut worden, die ihrerseits in unmittelbarer heimeliger Nähe zum idyllischen Fluss Syl verlief, der dem Land und der Stadt zu den Anfangsbuchstaben ihrer Namen verhalf. Die Syl hatte leider zuweilen die unangenehme Eigenschaft auf das Adjektiv idyllisch zu verzichten und hochwasserführend über die Ufer zu treten.
Dies war den Erbauern der Schachtel natürlich zur Gänze unbekannt, da anständige Flüsse solch ein Verhalten nie und nimmer in Erwägung ziehen.

So waren alle bitter enttäuscht, als die Syl die Maske fallen ließ und ihr wahres Gesicht zeigte. Sie überschwemmte nicht nur die Stadtautobahn, die seither im Volksmund als Nebenfluss der Syl mit 13 Buchstaben zu landesweiter Popularität gelangte, sondern auch Keller und Erdgeschoss des Katzenklos.
Die einzig wahren Epigonen der Erbauer der Pyramiden hatten wirklich alles getan, um die Monotonie des tristen Büroalltags mit lebhaften Hochwassereinsätzen und Leerpumpaktionen aufzulockern und den bürokratischen Dienstabläufen die so oft vermisste Würze zu verleihen.

3.

Gangolf betrat mit hoheitsvoll wirkender Miene die Schleuse, die der Absicherung des Gebäudes vor hinterhältigen Attentatsversuchen diente.
Er beantwortete den mürrischen Willkommensgruß des Wachtmeisters, der von einer eigens für ihn errichteten Zelle, genannt Pforte, die Eingangstüren bediente, mit einem kaum wahrnehmbaren Nicken seines Hauptes, das schief fast auf den Schultern ruhte.
Diese für ihn charakteristische Kopfhaltung hatte er sich im Laufe der Jahre mühsam angeeignet, nachdem er gelesen hatte, auch Alexander der Große habe diese einzunehmen beliebt. Jener war sein Vorbild und diesem wollte er auch äußerlich immer ähnlicher werden.

Nun wird es an der Zeit, seinen bisherigen Werdegang zumindest holzschnittartig wiederzugeben.

Er war ein Einzelkind. Seine Eltern wussten in jenen Jahren noch nichts über die Vorzüge der Empfängnisverhütung, hätten sich im Nachhinein allerdings für eine rechtzeitige Aufklärung überschwänglich bedankt.

Gangolf entwickelte bereits in jungen Jahren einen eisernen Willen, der sich vor allem im Verputzen der gehorteten Lebensmittelvorräte Bahn brach.

Nach dem Weltkrieg, den Optimisten als den letzten bezeichnen, absolvierte er eine Ausbildung in der Rechtsanwaltskanzlei Braun & Braun. Seine Lehrherren Braun und Braun, die sich schon in den letzten und erstaunlich schnell vergangenen 1000 Jahren als echte Bewahrer teutonischen Brauchtums bewährt hatten, übten unverdrossen mit Gangolf die alten Grundtugenden Pünktlichkeit, Sauberkeit, Disziplin und Gehorsam.

Vor allem Letzteres trainierten sie dermaßen gründlich mit ihrem Lehrbuben, Lehrjahre sind schließlich keine Herrenjahre, dass Gangolf aufgrund einer sich beinahe zwangsläufig ergebenden Wirbelsäulenverkrümmung seinen affenartig wirkenden Gang sich abzugewöhnen nun nicht mehr in der Lage war.

Nach Beendigung seiner Lehre ergab sich die Gelegenheit, Zuflucht im Staatsdienst zu finden. Dort machte er als erste männliche Tippse schnell Furore.

Da er seinem damaligen Herrn und Meister jeden Wunsch von den Augen ablas und sich durch wertvolle Dienste als Kaffeekocher und Brötchenholer auszeichnete, empfahl dieser ihm, sich weiterzuqualifizieren und die Beamtenlaufbahn einzuschlagen.

So absolvierte er dann zuerst die Ausbildung im mittleren Justizdienst.

Dort erwies er sich als fleißig und anpassungsfähig und da er darüber hinaus darauf verzichtete, eine eigene Meinung kundzutun, war er bei seinen Vorgesetzten beliebt und wurde für den Aufstieg in den gehobenen Dienst vorgesehen.

In dieser Laufbahn kreuzten seine Pfade zum ersten Mal die seines Mitstudenten Ferdi Kanne.

Jener war ein untersetzter kerniger Bauernsohn aus Santa Wöndel, bei dem sofort eines ins Auge stach und dies war eine riesige sichelförmige Nase.

Den Freuden unseres Daseins bereits in jungen Jahren sehr zugetan, breitete er seine Fittiche über den lernbegierigen Gangolf und weihte ihn in die Mysterien der Trinkkunst ein.

Gangolf erwies sich als überaus talentierter Schüler und

überflügelte seinen Lehrmeister im Laufe der Zeit. Dieser unterwies ihn jedoch, immer neidischer werdend, nicht mehr in der Meisterschaft der Betörung schöner Maiden.
So führte er ein unbeflecktes, aber glückliches Junggesellendasein, als er Gertrude in die Hände fiel.
Wie so oft hatte er mit Ferdi zahllose in Sylbrücken gelegene Destillen heimgesucht und anschließend den Weg zum Bahnhof gesucht und dank göttlicher Hilfe auch gefunden.
Er bestieg den Zug in Richtung Nahwalden, wo er die elterliche Schlafstatt aufzusuchen gedachte, während Ferdi auf dem Bahnsteig vergeblich versuchte, sich in Erinnerung zu bringen, wie der Ort hieß, von dem er am Morgen voller Zuversicht aufgebrochen war.
Gangolf überlies den Saufkumpan einem ungewissen Schicksal, setzte sich in ein Abteil und schlief sofort ein.
Als er wach wurde, fiel sein Blick auf ein Wesen, das allem Anschein nach ein weibliches war.
Gangolf, der bereits zu jenem Zeitpunkt an einem noch nicht entdeckten Augenleiden laborierte, fand jene holde Maid gar wunderschön. Besonders faszinierte ihn ein watzmannähnlicher Vorbau, der seine kranken Augen geradezu magisch anzog.
Nachdem Gertrude sein Interesse, das er durch weit geöffneten Mund und heftiges Hecheln dokumentierte, wahrnahm, war sie zuerst sehr verwundert, da noch kein männliches Etwas jemals in dieser Art auf ihre robuste Körperlichkeit reagiert hatte.
Sie erkannte dann aber ihre einmalige Chance und war fest entschlossen diese zu nutzen.

Instinktiv zauberte sie ein Lächeln in ihr feistes Gesicht und fragte ihn nach Namen und Herkunft.

Dies war Gangolf entfallen, was mit den erheblichen Alkoholmengen und der verständlichen Aufregung, die sich seiner bemächtigt hatte, hinreichend entschuldigt werden kann und so übergab er ihr der Einfachheit halber mit roten Wangen und blutunterlaufenen Augen seinen Personalausweis.

Ein solch amtliches Dokument sagt mehr als tausend Worte und ein Beamter im Aufstieg war sich dessen in jeder Situation bewusst. Gertrude wies nun darauf hin, dass die Endstation erreicht war, eine nahezu prophetisch zu nennende Formulierung, der Gangolf zu seinem späteren großen Leidwesen allerdings keinerlei Bedeutung beimaß, hakte den Widerstandsunfähigen ein und führte ihn ab.

Eine auf einer Bahnhofsbank in tiefsten Schlummer gefallene Gestalt ähnelte ganz gewaltig Ferdi Kanne.

Langsam kam ihm die Erkenntnis, dass er wieder in der Landeshauptstadt gelandet sein musste. Er hatte also seinen Heimathafen verfehlt und war wieder zurück verfrachtet worden. Gertrude verbrachte ihr zukünftiges Opfer in ihre Wohnung, legte sich zu ihm ins Bett und behauptete am nächsten Morgen schamlos, er habe sie verführt.

Dies nahm Gangolf mehr staunend als ungläubig zur Kenntnis, zog als treuteutonischer Jüngling allerdings die Konsequenzen und heiratete seine Gertrude.

Im Laufe der Jahre stieg er die Beamtentrittleiter immer höher hinauf, verdiente mehr Geld und war schließlich in die Lage versetzt, sich zuerst ein Haus und dann eine Tochter leisten zu können.

Nachdem er bei den unterschiedlichsten Gerichten in den unterschiedlichsten Positionen zu dienen bereit war, wurde ihm als Krönung seines unvergleichlichen Aufstieges die Geschäftsleitung der Ermittlungsbehörde übertragen.

Mit seiner Überheblichkeit wuchs auch sein Bauch, der sich in umgekehrt proportionalem Verhältnis zu seinem Großhirn entwickelte, das in einem unerbittlichen täglichen Kleinkrieg mittels gigantischer Alkoholmengen einem ständigen Abnutzungsprozess unterworfen wurde. Dies führte, wie wir noch sehen werden, zu einem gelegentlich auftretenden Abfall der intellektuellen Leistungsfähigkeit, der allerdings in der Welt, in der Gangolf sich zu bewegen pflegte, überhaupt nicht auffiel.

4.

An der Pforte nahm Gangolf wie jeden Morgen die neueste Ausgabe der Sylbrücker Zeitung entgegen. Dies Blatt stand von Amts wegen Gangolfs Chef zu. Jener war der Leidende Opastaatsanwalt Gerd Schmeichel.

Da dieser dem Wahlspruch der fleißigen sylvanischen Bergleute "Morgenstund hat Gold im Mund" seit frühester Jugend zu misstrauen gelernt hatte, war mit seinem Erscheinen im Hause erst zu sehr fortgeschrittener Stunde zu rechnen.

Gangolf schleppte sich und das Blättchen in den dritten Stock. Den auch vorhandenen Aufzug benutzte er aus

Sicherheitsgründen nicht, da dieser stecken bleiben könnte und dies bei einem so zart besaiteten Menschen wie Gangolf zu einem Nervenzusammenbruch führen würde.

Endlich oben angekommen, nahm er den Zimmerschlüssel für sein Dienstzimmer vom Schlüsselbrett, schloss die Zimmertür auf und stapfte in die gute Stube.

In seinem Dienstzimmer befanden sich ein großer Schreibtisch mit Drehstuhl, ein kleiner runder Tisch mit vier grünen spärlich gepolsterten Stühlen und ein Schrank, der dem Aussehen nach bereits beim alten Kaiser Wilhelm, aber dem mit Bart, ein paar Jahre auf dem Buckel gehabt haben musste.

Der Gipfel des Luxus war ein Waschbecken, das von Gangolf als der vergegenständlichte Ausdruck der von ihm eingenommenen Position betrachtet wurde.

Wer sonst außer ihm konnte eine solche Händereinigungsapparatur sein eigen nennen?

Doch nur noch der Chef und einige unbedeutendere Mitarbeiter.

Gangolf war de jure Vorgesetzter des einfachen und mittleren Dienstes sowie der Angestellten. Den Ermittlungsdezernenten und den Kollegen aus dem gehobenen Dienst hatte er nichts zu sagen.

De facto fühlte er sich aufgrund seiner herausgehobenen Stellung, er war nur dem Leidenden Opastaatsanwalt unterstellt, als die wahre Nummer eins.

Sein Wort war Gesetz und Schmeichels Gerd nur Wachs in seinen knetwilligen Händen. Daran glaubte er unerschütterlich.

So nahm er den Platz an seinem Schreibtisch ein und überflog die Zeitung. Seiner bescheidenen Meinung nach beherrschte er die Kunst des Schnelllesens.

Was aber dabei hängen blieb, wird für immer sein Geheimnis bleiben. Bilder befanden sich nur wenige im Blättchen und diese waren noch nicht einmal bunt.

Als er seinen Schnelldurchlauf beendet hatte, fischte er mit einer geschmeidigen Bewegung die Geburtstagsliste aus der Schreibtischschublade und studierte sie sehr aufmerksam. Aus dieser Liste, geordnet nach Tag, Monat, Jahr, Vorname und Name, ließ sich mühelos entnehmen, wer an welchem Tag Geburtstag hatte und diesen feiern musste.

Es galt als ehernes Gesetz, dass Geburtstagskinder, die offiziell an ihrem Ehrentag um 12 Uhr das Weite suchen durften, vorher eine Feier zu organisieren hatten, auf der sie die ungeladen erscheinenden Schmarotzer großzügig mit Speis und Trank zu versorgen hatten.

Wer sein Ansehen nicht verlieren wollte bzw. bemüht war, dieses in ungeahnte Höhen zu befördern, musste als spendabler Gastgeber erscheinen und die Zähne zusammenbeißen, was die wohlwollenden Gäste gern als Lächeln zu deuten bereit waren.

Es ist müßig zu erwähnen, dass jeder, der auf sich hielt, im Besitz einer Geburtstagsliste war. Gangolfs Augen spähten allerdings vergeblich nach dem täglichen Opfer. Auch die dritte und vierte Überprüfung führte zu keinem befriedigenden Ergebnis.

Seine bereits sehr imposanten Hängebacken stellten infolge des soeben erlittenen Traumas einen neuen Hängerekord auf. Der Tag drohte katastrophal zu beginnen. Sein Gehirn arbeitete nunmehr fieberhaft.

Und dann begann sein leichenblasses Vollmondgesucht langsam Farbe zu bekommen.

Vielleicht hatte jemand Namenstag. Er schaute auf seinem Tageskalender nach. Dieser bot ihm drei Heilige an: Joachim, Herbert und Franziskus.

Keiner seiner Untertanen ließ sich so benennen Seine Stimmung rutschte weit unter den Gefrierpunkt. Doch dann kam der so lang ersehnte Gedankenblitz.

Sein alter Saufmentor Kanne wurde aus nicht mehr bekannten Gründen Franz gerufen. Und jener arbeitete sogar auf der hiesigen Dienststelle, genauer gesagt, war er sogar der Vertreter von Gangolf, was bedeutete, dass er Gangolfs Tagesarbeit zu erledigen hatte, wenn dieser nicht anwesend war.

Hurtig wuchtete er sich aus dem Drehstuhl, wetzte aus seinem Zimmer und begab sich zu Ferdis Behausung, die auch im dritten Stock gelegen war.

Stürmisch klopfte er an und ehe Ferdi noch irgendetwas sagen konnte, stand er schon vor dessen Schreibtisch. Eine ungesund anmutende Blässe hatte von Ferdis Gesicht Besitz ergriffen.

Sein permanent schlechtes Gewissen ließ ihn vorsorglich schuldbewusst erscheinen.

Um so größer war seine Erleichterung, als Gangolf ihn mit einem Lächeln, das Herzlichkeit ausdrücken sollte, anblickte und ihm gratulierte.

Auf die stotternd vorgebrachte Frage, zu was denn eigentlich, klärte ihn Gangolf umgehend auf. Ferdi begriff sofort, was von ihm erwartet wurde. So murmelte er, dass es ihn freudig bewegen würde, wenn der Herr Geschäftsleiter und ein paar ausgewählte Kollegen, und zwar von Gangolf ausgesuchte, um die Mittagszeit zu einem kleinen Umtrunk erscheinen wollten. Dies sagte der Herr Geschäftsleiter gerne zu und verschwand.

Ferdi hatte bis zu diesem Zeitpunkt bereits ein bewegtes Beamtenleben hinter sich gebracht. Nach der Ausbildung waren sie beruflich getrennte Wege gegangen und Ferdi landete lange vor Gangolf bei der Ermittlungsbehörde.

Dort konnte er der von ihm so geschätzten Lebensführung das ganze Jahr frönen.

Dienstzeiten galten ihm als unbeachtlich, so dass es ihm zur lieben Gewohnheit geworden war, sich am späten Morgen von einem seiner Getreuen von zu Hause abholen und zur Arbeit verbringen zu lassen.

Das war gerade in jenen Zeiten erforderlich, in denen er auf die Fahrerlaubnis infolge Trunkenheit im Straßenverkehr und gerichtlicher Einziehung derselben verzichten musste. Diesen Zustand durchlitt er in regelmäßigen Abständen.

Bei der Zuteilung der Geldstrafe sowie der fällig werdenden Führerscheinsperrfrist beschwerte er sich immer lautstark über einen nicht gewährten Beamtenrabatt.

Während die Kollegen bei der Bundesbahn Freifahrten in Anspruch nehmen durften, galt dies nicht für seine Trunkenheitsfahrten. Im Gegenteil. Diese wurden stets mit der vollen Wucht des Strafgesetzbuches belegt.

Einer der unbestrittenen Höhepunkte in seinem stürmischen Leben war eine Auseinandersetzung mit seinem damaligen Abteilungsleiter Isbert Hoch gewesen.

Gegen 11 Uhr war er damals volltrunken im Zimmer seines Vorgesetzten aufgetaucht und hatte selbstgeschöpfte Erkenntnisse über Effizienz und intellektuelle Leistungsfähigkeit bezüglich des höheren Justizdienstes, dem Hoch die zweifelhafte Ehre hatte anzugehören, vom Stapel gelassen.

Isbert, dem eine gewisse Schwäche für Ferdi nicht abzusprechen war, da beide den selben Lebensstil bevorzugten, wies Ferdi geradezu nachsichtig auf den Grad der mittlerweile erreichten Trunkenheit hin und riet ihm väterlich, sich nunmehr stille in sein Büro zu begeben und dort ein wenig der Ruhe zu pflegen.

In jenem Ratschlag wähnte Ferdi eine gewisse Zurechtweisung zu verspüren, die er so nicht hinzunehmen gewillt war.

Leicht erregt ergänzte er seine juristische Beweisführung, indem er in Erinnerung brachte, wie Isbert eines schönen Diensttages die Theke in ihrer gemeinsamen Stammkneipe als Urinal missbraucht hatte.

Hoch, der sich an Vorkommnisse der soeben beschriebenen Art nicht erinnern wollte, verwies Ferdi nun wutschnaubend seiner Räumlichkeiten und eilte zum Leidenden Opastaatsanwalt, um diesen auf den desolaten Zustand von Kanne und sein unmögliches Benehmen hinzuweisen.

Der oberste Gerichtsherr sah sich daraufhin zu seinem großen Leidwesen gezwungen, ein Disziplinarverfahren gegen den Übeltäter einzuleiten.

Ferdi, der entsprechende Weiterungen vorausgesehen hatte, meldete sich am nächsten Morgen krank und ward aufgrund einer psychischen Grunderkrankung, die ihm von einem Facharzt ohne Weiteres bescheinigt wurde, die folgenden 12 Wochen im Dienste nicht mehr gesichtet.

Das Verfahren gegen ihn zog sich wegen der bekannten Überlastung der sylvanischen Verwaltungsgerichtsbarkeit über 7 Jahre dahin und wurde anschließend wegen der überlangen Verfahrensdauer eingestellt.

An den Ferdi jener unbeschwerten Tage erinnerte jedoch nichts mehr.

Physis und Psyche hatten dem jahrzehntelangen Lotterleben Tribut zollen müssen. Wenn er nicht gerade am Schreibtisch eingeschlafen war, begeisterte er seine genervt wirkende Umwelt mit langatmigen Monologen über die Kunst und seine Wenigkeit.

Sein Bruder hatte eine Professur über sylvanische Höhlenmalerei inne.

Dies hatte sich ihm schwer auf das Gemüt gelegt und ihn zu der Einsicht gebracht, dass nur ein Künstler ein wahrer Mensch sei. Um diesem Ideal so nahe wie möglich zu kommen, ehelichte er eine Künstlerin und war seither unrettbar verloren.

Sein Eheweib, ein perfektes Double der heutzutage in Vergessenheit geratenen Medusa, beherrschte ihn total.
Er, der Verführer der stolzesten Frauen, der Ernährer vieler Gastwirtsfamilien, der Samson, hatte seine Deleila gefunden und seine Freiheit eingebüßt. Gelegentlich sich ereignende Reminiszenzen an früheres Tun wurden von Frau Kanne unerbittlich geahndet und führten zwangsläufig zu einem befristeten Ausschluss aus der gemeinsamen Heimstatt, die Ferdi im Übrigen alleine finanziert hatte, da Künstler im Allgemeinen und Künstlerinnen im Besonderen, bekanntermaßen arme Leute sind.
So musste Kanne für seine begangenen Sünden bereits auf Erden büßen und durfte somit im Falle seines Ablebens einer direkten Himmelfahrt sicher sein.
Ferdi ahnte daher bereits jetzt, dass die ihm aufgezwungene Festivität wieder häusliche Vergeltungsmaßnahmen nach sich ziehen würde. Dennoch war es ihm nicht möglich, die mit soviel Nonchalance an ihn herangetragene Aufforderung, eine Feier auszurichten, abzulehnen.

5.

Gangolf begab sich sodann auf die Geschäftsstelle der Verwaltungsabteilung. Dort waren Hubert Bachinger und Balduin Hohn bereits eifrig am werkeln.
Nachdem er beide hoheitsvoll begrüßt hatte, gab er ungefragt Statements zur Lage auf dem Balkan ab, analysierte detailliert

den Kursverfall der indischen Rupie und erläuterte äußerst eindrucksvoll die preußische Verordnung vom 01.04.1868 zum Schutze der Baumwollernte im Kreis Nahwalden.

Seine beiden Mitarbeiter ließen den Vortrag ebenso geduldig wie ungläubig über sich ergehen. Gangolf legte dann dem staunenden Hubert die Veredelungsrichtlinien für sylvanischen Blumenkohl vom 11.11.1947 in der Form der Bekanntmachung vom 25.07.1948 in ihrer ganzen Bandbreite dar.

Hubert, der ein begnadeter Gärtner und seit Jahrzehnten Vorsitzender des Obst- und Gartenbauvereins in Grasrasseln-Süd war, kam dies alles sehr unwahrscheinlich vor, er heuchelte dennoch lebhaftes Interesse und versuchte seiner grenzenlos scheinenden Bewunderung irgendwie Ausdruck zu verleihen.

Balduin, der den großen Meister ebenfalls einzuschätzen wusste und ein Schweiger vor dem Herrn war, grinste nur in sich hinein, womit für ihn auch schon alles gesagt war.

Nachdem seine Dozententätigkeit erledigt war, ergriff er einige für ihn bereit gelegte Akten und stolzierte in seine Dienstkemenate.

Kaum hatte er sich niedergelassen, schwebte schon Hildegard Schmal herein, um den üblichen Morgenkaffee abzuliefern. Hildegard erschien wie immer sehr phantasievoll gewandet. Zu schwarzen türkischen Pluderhosen trug sie ein weißes Kosakenhemd. Die Füße steckten in Gebilden, die Springerstiefeln der Bundesluftwaffe ähnelten. Sie war eine großgewachsene Frau mit einer Figur, die es ihr erlaubt hätte, sich unbemerkt hinter einem Laternenpfahl umzukleiden.

Sie war immer in Eile und nach einem flüchtigen Morgengruß war sie auch wieder entschwunden, eine Duftwolke Chanel 1811 hinterlassend.

Gangolf hasste Gerüche dieser Art. Noch mehr verabscheute er Knoblauch. Beides pflegte allergische Reaktionen bei ihm auszulösen.

Seinem Gebaren und Aussehen nach hätte er also durchaus in einem sehr real wirkenden Vampirfilm die Hauptrolle spielen dürfen. Der Maskenbildner bräuchte nicht viel bei ihm zu verändern und mit Hilfe der Tricktechnik wäre die Verwandlung in eine Fledermaus nur ein Kinderspiel.

Er verzog beim Riechen der schwebenden Duftwolke angewidert sein Gesicht und wirkte dadurch beinahe sympathisch.

Sodann widmete er sich seiner Arbeit. Zuerst las er die Eingabe eines Jonathan Kabel, der um behindertengerechte Einrichtung seines Bürozwingers ersuchte.

Kabel hatte vorsätzlich, wie Gangolf nur zu gerne zu glauben bereit war, bei einem Verkehrsunfall derart schwere Verletzungen davongetragen, dass er nur noch mit Hilfe von Krücken in der Lage war, sich fortzubewegen.

Seitdem hatte der Kerl nichts als Ärger gemacht, insbesondere die Geschäftsleitung mit überflüssigen Anträgen bombardiert.

Sein wahres Gesicht hatte er gezeigt, als er die Beschaffung eines behindertengerechten Bürostuhles beantragte. Nach vielen Schreiben an die zuständige Fürsorgestelle und dem Ablauf eines Jahres wurde der Stuhl endlich geliefert. Genau eine Stunde nach seiner Aushändigung an Jonathan, hatte dieser ihn als total unbrauchbar wieder zurückgegeben. Man hatte leider ganz vergessen, den Kabel am Bürostuhlfindungsprozess zu beteiligen.

Das wurde jedoch von Gangolf als dem eigentlich Verantwortlichen im Rekordtempo verdrängt und der wahre Übeltäter hieß Kabel.

Der Stuhl wurde im Übrigen an Schmeichel übergeben, der sich darüber sehr freute, da er solch eine komfortable Sitzapparatur zuvor noch nie sein eigen nennen durfte.

Nun hatte Kabel also eine neue Schweinerei ausgeheckt. Das gedachte Gangolf jedoch nicht so ohne Weiteres hinzunehmen und so griff er zum Telefon und befahl Kabel in barschem Ton, sofort bei ihm vorzusprechen.

Als Jonathan nach geraumer Zeit bei ihm erschien, der Weg vom 1. in den 3. Stock war dank des vorhandenen Aufzuges auch für einen Schwerbehinderten zumutbar, erklärte Gangolf ihm, dass aufgrund der angespannten Haushaltslage kein Geld für eine kostenintensive Umgestaltung seines Zimmers vorhanden sei und empfahl, in einem halben Jahr noch einmal auf die Angelegenheit zurückzukommen.

Danach durfte Kabel wieder enteilen.

Äußerst zufrieden ob des gezeigten Verhandlungsgeschickes wollte er sein segensreiches Wirken zum Wohle der Behörde und der ihm anvertrauten Bediensteten fortsetzen, als ihn ein stürmisches Hämmern an seine Tür aufschreckte.

Herein stolperte Hans-Oskar Kurz, ein Wachtmeister der Ermittlungsbehörde.

Das Erste, was Gangolf wahrnahm, war eine ihn euphorisch stimmende Alkoholfahne, die Hans-Oskar bereitwillig verbreitete.

Das an sich war keinesfalls ungewöhnlich. Was ihn aber erheblich mehr beunruhigte war Kurzens Aussehen. Die aschblonden Haare zerzaust, die sonst immer roten Wangen leichenblass und die Augen violett geschwollen, wankte Hans-Oskar zu einem der grünen Stühle und ließ sich krachend nieder.

Bevor Gangolf noch eine Frage stellen konnte, erzählte Kurz mit weinerlicher Stimme, er sei soeben aus französischer Kriegsgefangenschaft entlassen worden. Dies befremdete Gangolf doch sehr, da man ihm erzählt hatte, der letzte Krieg gegen den ehemaligen Erbfeind sei bereits eine geraume Weile vorbei und die Franzosen mittlerweile eine Art Verbündete.

So hub Kurz an, eine lange Geschichte zum Besten zu geben. Nach Dienstende am Vortag habe er noch einen kleinen Abstecher ins nahegelegene Frankreich gemacht, um dort gut zu essen und auch ein wenig Alkohol zu trinken. Der französische Rotwein habe derart gut gemundet, dass er ganz die Zeit vergessen und länger ausgehalten habe, als er eigentlich vorhatte. So sei er doch sehr erstaunt gewesen, als ihm der französische Gastwirt bedeutete, es sei nun 04 Uhr und er möge seine Zeche zahlen und von hinnen ziehen.

Auf Hans-Oskars nur schelmisch gemeinten Vorschlag, der Herr Wirt möge schnell noch eine Flasche bringen, da er andernfalls nicht zahlen werde, hätte der Herr der Gastwirtschaft die

Fassung verloren und wüste französische Schimpfwörter gebraucht.

Dabei sei auch die Formulierung „salle boche" gefallen. Obwohl er kein Wort Französisch sprechen und verstehen könne, habe er sofort mit allen Fasern seines teutonischen Körpers gespürt, dass dies eine üble Beleidigung gewesen sei und um die verletzte Ehre des geschmähten Vaterlandes wiederherzustellen, sei er gezwungen gewesen, den Erbfeind um eine kurze heftige Aussprache zu bitten.

Nachdem sich der Wirt seinen schlagkräftigeren Argumenten relativ schnell habe beugen müssen, sei auch schon das Überfallkommando der nahegelegenen Polizeistation erschienen und habe ihn angegriffen, ohne dass er ihnen den geringsten Grund dazu geliefert hätte.

In reiner Notwehr habe er daher zurückgeschlagen und die Polizisten, die im Übrigen tapfere Gegenwehr leisteten, hätten anschließend einen etwas niedergeschlagenen Eindruck gemacht, als er das Lokal verließ.

Er begab sich dann behänd zu seinem Wagen, um mit diesem in den Schutz der Heimat zu fliehen. An der Grenze sei er jedoch von der Übermacht einer Anti-Terror Einheit überwältigt und gefangengesetzt worden. Der Feind habe danach eine Blutprobe genommen, um feststellen zu können, ob sich noch Blut im Alkohol befände.

Nachdem das Ergebnis mit 3,8 Promille bekannt gegeben wurde, durfte er gehen, wobei die gerichtliche Ahndung allerdings noch ausstünde.

Gangolf hatte der Schilderung mit immer größer werdendem Erstaunen gelauscht. Als Hans-Oskar geendet hatte, war er voller Bewunderung für die offensichtliche Leistungsfähigkeit seines begnadeten Mitarbeiters.

Gleichzeitig wurde ihm auch bewusst, dass dieser Vorgang mit viel Schreibarbeit verbunden sein würde, wobei Verwicklungen, möglicherweise sogar internationale, nicht ausgeschlossen werden konnten.

Es fiel ihm nun auch wieder ein, dass Hans-Oskar bereits am Tage zuvor anlässlich der Geburtstagsfeier eines Arbeitskollegen mächtig in Form war und dort wohl den Grundstein für seinen anschließenden Marsch nach Westen gelegt hatte. Da auch er bei der Feier zugegen gewesen und die mittelschweren Ausfallerscheinungen des Kurz nicht übersehen, dagegen jedoch nichts unternommen hatte, dämmerte ihm langsam, dass er seine Anwesenheit bei jenem Ereignis ungeschehen machen musste.

Hans-Oskar begann unterdessen, lang anhaltend und kläglich den Zustand seines Rachens, der seiner Meinung nach zu trocken war, zu beklagen und forderte Gangolf unverblümt auf, ihm ein Bier zu besorgen.

Gangolf, der sich sehr gut in Kurz hineinzuversetzen wusste, gab ihm gütig zu verstehen, dass momentan weder Ort noch Zeitpunkt passend wären, um den Kampf gegen den fallenden Alkoholpegel wieder aufzunehmen. Er riet ihm daher väterlich, sich unsichtbar zu machen, was Hans-Oskar den willkommenen Anlass verschaffte sich in eine nahegelegene Kneipe zu begeben und den Tag dort so angenehm zu beenden wie er ihn begonnen.

6.

Gangolf seinerseits flitzte an den Ort des gestrigen Dienstvergehens, die Wachtmeisterei, fand dort noch leere Flaschen, halbgefüllte Bierkästen und volle Aschenbecher, mithin also das allseits bekannte Chaos, das von einer richtig gelungenen Fete Zeugnis ablegt.

Hocherfreut ob des sich ihm bietenden Anblickes herrschte er die anwesenden Bediensteten, durchweg Angehörige des Wachtmeisterdienstes, an, den Saustall endlich aufzuräumen. Er wies weiter drohend darauf hin, dass er sehr wohl bemerkt habe, dass die gestrige Feier erheblich länger dauerte, als dies dienstlich erlaubt war. Das verwunderte keinen der Anwesenden, denn Gangolf hatte bis zum Schluss mitgesoffen. Ihnen war allerdings nun klar, dass ihr GröGaZ (Größter Gangolf aller Zeiten) daran nicht erinnert sein wollte und quasi offiziell bei der Feier nicht zugegen war.

Da sie ihren Herrn und Meister ebenso gut kannten wie ihre ungeliebten Aktentransportkarren, verstanden sie den Wink mit dem Zaunpfahl und mimten die schuldbewussten Sünder. Cangolf, dessen Wahlspruch lautete, wem ich erlaube. mit mir zu saufen, darf sich noch lange keine Vertraulichkeiten herausnehmen, hatte sich wieder einmal als Maestro der feinen diplomatischen Zwischentöne erwiesen und konnte mit Recht stolz auf sich sein.

Danach zog er sich zurück.

Das Telefon läutete, als er gerade sein Zimmer betrat.

„Nessel", hauchte er in den Hörer und spürte das Steigen seines Blutdruckes, als er den Namen seines Gesprächspartners vernehmen musste. Es meldete sich Berthold Blume, der beim Ministerium der Justiz beschäftigt wurde, wobei niemand, der ihn kannte, wusste, warum. Blume war zuständig für die Vergabe nicht vorhandener Gelder, im Behördenjargon als Mittel bezeichnet, an subalterne Behörden, zu denen auch die hiesige Ermittlungsbehörde gehörte.

Gleichzeitig war er stets rührend bemüht, für die Verschönerung der Dienstgebäude Sorge zu tragen und den Kollegen der ihm unterstellten Behörden wertvolle und gern gehörte Ratschläge zu geben, wie sie ihren Dienstpflichten nachzukommen hätten. Berthold stellte die Jubiläumsausgabe eines Musterbeamten in seiner schlimmstmöglich vorstellbaren Version dar. Militärisch kurzer Haarschnitt, die Ohren frei hängend, gerade Körperhaltung, weit ausgreifender Schritt, energischer Gang, korrekte und absolut langweilige Kleidung sowie auf Hochglanz polierte Schuhe.

Die durch das Gesamtbild manifestierte Lebensphilosophie, ein Subjektiv, das wir nicht nur Fußballern und erfolgreichen Würstchenverkäufern überlassen wollen, war das Ergebnis harter Arbeit, und zwar die seins Vaters mit ihm.

Jener Vater, Marke Sturmbannführer für Arme, war stolzer Besitzer eines Schrebergartens, der exakter geführt wurde als die Schweiz und in dem es genauso aussah wie in dieser.

Die im und durch den Schrebergarten gewonnen Erkenntnisse übertrug Papa Blume auf Filius Berthold, der sich als gelehriger Schüler erwies.

Blume wies nun mit leicht vorwurfsvollem Timbre in seiner Stimme darauf hin, dass auf der 4. Treppenstufe 20 Zentimeter von der Hauswand entfernt seit nunmehr 3 Stunden und 4 Minuten eine Zigarettenkippe liegen würde. Außerdem wären die Rosen im Vorgarten des Dienstgebäudes seit dem letzten Schnitt wieder um 8,231 Zentimeter gewachsen und wirkten dadurch verwahrlost.

Da er gerade so schön bei der Sache war, bemängelte er auch die mangelhafte Hygiene des Gehweges, auf dem sich schon wieder die Staubwolken türmen würden.

Damit war das gute Gespräch auch schon zu Ende. Gangolf fühlte, wie sein Körper eine Sauerstoffschuld einging. Die sonst vorherrschende Farblosigkeit seines Antlitzes wich einer ins Violette spielenden Röte. Mühsam kämpfte er den in die Höhe geschnellten Blutdruck nieder und ließ dann den Hausmeister über ein internes Handfunksprechsystem herbeizitieren. Als dieser nach doch geraumer Weile herantrabte, hatte sich Gangolf noch immer nicht vollständig unter Kontrolle. Er musterte Pavel Foll lange und geradezu feindselig.

Pavel, Sohn eines nach Teutonien verschleppten Fremdarbeiters, hätte bei keiner Polizeikontrolle einer vorläufigen und vor allem vorbeugenden Festnahme entgehen können. Schuld daran war sein Äußeres. Der quadratische Kopf mit den stechenden Augen, die plattgedrückte Nase sowie ein schmallippiger schiefer Mund harmonierten prächtig mit seinem gedrungenen sehr kräftigen Körper, aus dem ein gewaltiger Bauch hervorstach. Perfekt wurde das Panzerknackerimage durch seine Gewänder, die er aus dem Requisitenfundus des Kellertheaters entwendet haben musste.

Aber wie so oft im Leben, täuschte auch hier die Fassade. Pavel war in Wirklichkeit sehr sensibel und seine Liebe galt den Tieren, vor allem dem besten Freund des Menschen, also nicht dem weißen Hai oder gar dem Steinbeißer, sondern dem Hund. Sein ein und alles war „Addi", ein Schäferhund, der in direkter Linie von Blondie, einer Hündin aus dem Hause Schicklgruber abstammte.

Mit Addi spielte Pavel gerne Fußball und sein wirklich großes Herz vermögen wir daran zu erkennen, dass er das Tier immer mit zwei Toren Vorsprung gewinnen ließ.

Da er diese unsere Welt als zu hart und ungerecht erachtete, hatte er vor langer, langer Zeit beschlossen, den Dienst Dienst sein zu lassen und dafür in immer kürzeren Abständen begonnen, Trost und Entspannung mittels alkoholischer Getränke zu suchen und auch zu finden.

Dann stellte er sein Handfunksprechgerät, bei dem er unter Adler 10 firmierte, ab und ward nicht mehr gesehen oder gehört.

Gangolf klärte Pavel nun über seine Unterhaltung mit Blume auf, die ihm, wie er anklingen ließ, ein wenig einseitig erscheinen wollte .Er forderte ihn schließlich in einem Tonfall, der Pavel an seine erlittene Bundeswehrzeit erinnerte, auf, zukünftig für die geforderte Straßenhygiene regelmäßig und unaufgefordert zu sorgen.

Des Weiteren wies er ihn darauf hin, dass er für seinen sicheren Arbeitsplatz dankbar zu sein habe, da der ihn ernähren würde. Zugegebenermaßen schlecht zwar, aber immerhin.

Pavel gelobte, wie die vielen Male zuvor, Besserung, verließ zuerst das Dienstzimmer des geschäftsleitenden Beamten und sodann das Dienstgebäude, um, nachdem er das Handfunksprechgerät vorsorglich abgestellt hatte, Hans-Oskar in der Kneipe aufzusuchen und mit diesem über die Mühsal des Alltages, die Ungerechtigkeit der Welt und die Dummheit von Menschen, insbesondere von Vorgesetzten, zu philosophieren und dabei einen neuen Umsatzrekord in der Kneipe aufzustellen.

7.

Kaum hatte Gangolf sein inneres Gleichgewicht mittels der ortsüblichen Blitzableitermethode wieder hergestellt, bahnte sich bereits Ungemach an. Nach buddhistischer Sicht der Dinge hatte er schlechtes Karma erzeugt, das sich sogleich in Form des nächsten Besuchers manifestierte.

Donnernd polterte es an der Tür und ehe er zu einem sprachlichen Reflex in der Lage war, stand Johannes Dose vor seinem Schreibtisch. Dieser jüngere Kollege pflegte bei seinen überfallartigen Auftritten einen gewaltigen Schrecken zu verbreiten.

Das resultierte zum Einen aus seiner unübersehbaren körperlichen Präsenz, bei einer Körpergröße von 1,90 Metern wog er stattliche zwei Zentner, und zum Anderen aus einem Selbstbewusstsein, das schier grenzenlos schien und das er mit sehr lauter metallisch klingender Stimme allzeit sendungsbereit ausstrahlte.
Gangolf hatte bereits früher mit Dose zusammenarbeiten müssen, da jener sein Vertreter im Amt und somit Vorgänger von Kanne gewesen war. Damals hatte Johannes schon einen gnadenlosen Durchsetzungswillen erkennen lassen, der auch vor rein gar nichts zurückzuschrecken schien.
Darüber hinaus erschien Dose seinen Mitarbeitern als fleißig, verantwortungsbewusst und mit einer praktischen Intelligenz gesegnet, die auf der Behörde zumeist vergebens gesucht wurde. Er war insofern in nahezu allem das absolute Gegenteil von Gangolf. Sein größter Webfehler, denn niemand auf dieser Welt ist perfekt, war sein periodisch aufkeimender Jähzorn. Ungerechtigkeiten, nicht nur seiner geheiligten Person gegenüber, brachten seine männlichen Züge sehr schnell zum Glühen. Und Beleidigungen, ob tatsächliche oder nur eingebildete war völlig unerheblich, pflegte er nicht zu übersehen, sondern zu ahnden.
Er wirkte auch jetzt nur noch mühsam beherrscht, als er an Gangolfs Schreibtisch stand und sein Begehren um ein sofortiges Gespräch unter vier Augen in respektlos lautem Ton an ihn herantrug. Diese Bitte, die in Wirklichkeit ein Ultimatum war,

wollte Gangolf aus verständlichen Gründen der Eigensicherung, unbedingt erfüllen.

Johannes kam wie gewohnt ohne Umschweife zur Sache. Ihm sei von einem seiner Informanten zugetragen worden, dass Gangolf in einer Unterredung mit dem örtlichen Personalrat das ungeheuerliche Wort „anschwärzen" benutzt habe, und zwar im Zusammenhang mit seiner Person.

Hintergrund des sich nun anbahnenden Dramas war die Affäre „Kübler". Konrad Kübler, ein Verwalter einer Geschäftsstellenabteilung, hatte sich getreu dem Behördenmotto „Schluck es weg, bevor es dich wegschluckt", im Laufe vieler Jahre zu einem gediegen unauffälligen Alkoholiker entwickelt. An jedem Dienstag, den der liebe Gott wieder werden ließ, trank er unerschütterlich eine Flasche Bier nach der anderen. Dies konnte auf Dauer natürlich nicht ohne Auswirkungen auf die Qualität der zu leistenden Tagesarbeit bleiben. Als das sogar Gangolf nicht mehr länger verborgen blieb, setzte dieser den Kübler mit einem Geniestreich in ein weit entferntes Nebengebäude der Ermittlungsbehörde. Weit weg vom der Zentrale konnte Kübler nunmehr den täglichen Alkoholkonsum entscheidend steigern.

Die ihm anvertraute Geschäftsstelle war nach einem Jahr dermaßen gründlich ruiniert, dass man ihm eine neue Abteilung zuweisen musste und sein Nachfolger die angerichteten Schäden beseitigen durfte. Im Laufe der neuen Tätigkeit arbeitete er nun auch mit Dose zusammen. Und der hatte Gangolf auf das Verhalten Küblers aufmerksam gemacht und empfohlen, diesen

zu einer Entziehungskur zu zwingen. Gangolf vertrat jedoch den Standpunkt, ein halbtoter Beamter sei immer noch besser als ein in Kur befindlicher.
In einem der ebenso regelmäßig stattfindenden wie ergebnislos verlaufenden Gespräche des örtlichen Personalrates mit Gangolf, hatte dieser Sonja Dünn, die ebenfalls mit Kübler zusammenarbeitete, aufgefordert, schriftliche Beschwerde gegen den Kübler einzureichen. Sie brauche nichts zu befürchten, da auch Dose den Kübler schon angeschwärzt hätte. Damit wollte Gangolf geschickt , wie er sich unberechtigterweise dünkte, die Verantwortung für die dann gegen Kübler zu treffenden Maßnahmen auf das Duo Dünn Dose abwälzen.
Sonja folgte diesem Vorschlag aber nicht, sondern wies auf Gangolfs Fürsorgepflicht als Vorgesetzter hin.
Jetzt stand also Dose vor ihm und heischte in demselben Tonfall, den er selbst kurz zuvor Pavel gegenüber als taktisches Mittel eingesetzt hatte, um Aufklärung..
Sich diese offensichtliche Respektlosigkeit zu verbitten, wagte er nicht, da er wusste, dass Widerstand Dose in Raserei verfallen und in ihm den Wunsch groß werden ließ, diesen gnadenlos zu brechen,
Gangolfs sogenanntes Gehirn versuchte verzweifelt in Aktion zu treten, während sein kleines weiches Herz ratterte wie der ICE auf der Fahrt von Hannover nach Hamburg.
Er musste Zeit gewinnen und diesen schrecklichen Mann ablenken. So behauptete er tonlos, er habe das Wort „anschwärzen" überhaupt nicht gebraucht und startete einen

Entlastungsangriff, indem er zu wissen wünschte, wer dem Dose solche Lügen erzählt hätte.

Der verweigerte die Aussage mit dem zutreffenden Hinweis, seine Informanten noch nie preisgegeben zu haben. Nun meinte Gangolf Oberwasser zu haben und er behauptete tapfer, die Gespräche des Geschäftsleiters mit dem Personalrat unterlägen absoluter Geheimhaltung und die Weitergabe von aus dem Zusammenhang gerissenen Wortfetzen sei zumindest strafbar. Damit hatte er einen unverzeihlichen Fehler begangen. Dose, der brave Mann mit dem geschilderten bedauerlichen Hang zu Wutanfällen, fühlte sich herausgefordert. Seine schönen stahlharten Augen verengten sich zu bösartigen Schlitzen, sein bereits sehr kräftiger Hals schwoll an wie ein Hochwasser führender Fluss und sein männliches Gesicht leuchtete wie der Hals eines paarungsbereiten Puters beim Balzverhalten.

Und dann schrie er den armen Gangolf an, er solle hier keine billigen Ablenkungsmanöver versuchen, wie er dies zu Hause seiner lieben Frau gegenüber tun könne. Er solle sich endlich als Mann erweisen und seine Schandtaten eingestehen.

Aus Gangolfs ohnehin immer blassem Antlitz war der letzte Blutstropfen gewichen und seine flache Stirn war mit kaltem Schweiß bedeckt, während seine Augen schreckgeweitet ins Leere starrten. Er vermeinte die Stimme seiner ungeliebten Gemahlin zu vernehmen und fühlte sich wie ein von vielen Hunden gehetztes waidwundes Wildschwein.

Er murmelte kraftlos, er habe einen kleinen Kreislaufkollaps und flehte Dose an, doch endlich das Zimmer zu verlassen, er werde auf die Angelegenheit zurückkommen.

Dose, der ein weiches mitfühlendes Wesen sein Eigen nannte, erkundigte sich umgehend nach Gangolfs Befinden und verließ mit besten Genesungswünschen das Zimmer in dem für ihn erfreulichen Bewusstsein, dass eine klare Ansage sämtliche Probleme zu lösen vermag.

8.

Langsam wich die Betäubung aus Gangölf und mit der Erholung kehrte sein Mut zurück und mit diesem erwachte eine riesengroße Wut.

Was hatte sich dieser Dose da wieder einmal geleistet? Er war hier der Chef, zugegebenermaßen nicht der von Dose, aber er war ein Leithammel und als solcher wollte er sich auch behandelt wissen. Dose war diesmal einen entscheidenden Schritt zu weit gegangen. Das sollte er bereuen. Er beschloss, den Chef aller Chefs, mithin den Leidenden Opastaatsanwalt, von Doses strafwürdigem Verhalten zu unterrichten und die Aburteilung dieses Gangsters zu fordern.

Er stürmte, wenn man seine Art der Fortbewegung mit diesem Euphemismus belegen will, durch das Vorzimmer, klopfte heftig an und rauschte ins Allerheiligste.

Dort schreckte Gerd Schmeichel aus süßem Schlummer und versuchte, seine meist wirren Gedanken zu ordnen.

Schmeichel-Gerd, wie ihn Freunde liebevoll nannten, erinnerte rein äußerlich gar nicht an einen Volljuristen der höchsten Kategorie. Er war stets derart lässig bekleidet, dass gemunkelt wurde, sein Erscheinungsbild könnte durch das Plündern von Altkleidersäcken deutlich aufgebessert werden.

Legendär war auch sein Geiz, der ihn dazu verleitete, täglich nach Ausrichtern dienstlicher Festivitäten Ausschau zu halten, die es ihm erlaubten, kostenlos Speis und Trank zu sich zu nehmen.

Vom Gesicht her war er die Reinkarnation einer Schildkröte. Parteilich war er ungebunden und so hatte wohl seine offensichtliche Hinfälligkeit den im Ministerium für Personalentscheidungen zuständigen Staatssekretär, der doch sehr dem populären Bänkelsänger Heino ähnelte, bewogen, Schmeichel dieses Amt zu übertragen.

Das geschah zweifellos in der Hoffnung, der Gerd werde das Rentenalter nicht erreichen und die ihm übertragene Spitzenposition im Wege der biologischen Auslese vorzeitig wieder räumen müssen und dann könnte ein im Hintergrund lauerndes politisches Nachwuchstalent den Posten erben. Als Schmeichel- Gerd zum Erfüllungshilfen der Regierigen gekürt wurde, ging der Nachwuchsstar noch zur Schule und konnte zu dem großen Bedauern der sogenannten Verantwortlichen noch nicht an dem cursus honorum teilnehmen.

Doch Schmeichel erfreute sich dank seines eisern durchgehaltenen Lebensmottos, immer gut und viel zu essen und zu trinken und zum Ausgleich so wenig wie möglich zu arbeiten, allerbester Gesundheit und trug sich keineswegs mit Gedanken an die Endlichkeit seines Daseins. Da er darüber hinaus Ärger mit einer Geschicklichkeit aus dem Wege zu gehen vermochte, die alle erstaunte, die seine körperlich geistige Unbeweglichkeit kannten, und sich vor Entscheidungen so lange drückte, bis sie ihm durch zeitliche Erledigung abgenommen wurden, war er nur als der „Weichspüler" bekannt.

Das einzig unruhige an ihm waren seine Augen, die ständig hin und her flitzten wie ein Hamster im Laufrad. Gerade jetzt stellten diese Augen einen neuen Geschwindigkeitsrekord auf, denn mit der Gabe der Antizipation bedacht, wusste er, dass Ärger in der Luft lag.

Wild gestikulierend erzählte Gangolf von seiner unheimlichen Begegnung mit dem Außerirdischen Dose. Nachdem Schmeichel Dose als Ursache von Gangolfs Seelenschmerz erkannte, wurde er vorsichtig. Auch er hatte diesen Irren schon erleben müssen, als er ihm sanfte Vorhaltungen über die Form eines Schreibens von Dose an das Ministerium der Justiz nachte.

Dose hatte mit seinem Verhalten bei diesem Mitarbeitergespräch überdeutlich zu erkennen gegeben, dass er nur eine Autorität anzuerkennen bereit war und zwar die eigene.

Diesen Auftritt hätte er Dose gerne vergolten, aber er war davon überzeugt, dass jener als duldsames Opfer nicht taugen wollte, zumal gemunkelt wurde, dass Dose auch vor tätlichen Beleidigungen nicht zurückschrecke, wenn ihm das opportun erschiene.

Schmeichel empfand seine Person geradezu sakrosankt und wollte sich somit keinesfalls körperlichen Gefährdungen ausgesetzt sehen. Er war daher stets froh, wenn er Dose nicht sehen musste, zumal er die überlaute Stimme, mit der dieser gesellschaftskritische und Vorgesetzte diffamierende Äußerungen tätigte, nahezu täglich hören und ertragen musste. Der Kerl provozierte, wo es nur ging und da er als in jeder Beziehung schlagfertig galt, musste man ihn meiden, wann immer es möglich war.

Gangolf hatte mittlerweile seine Klagelieder beendet und erwartete Trost und Zuspruch sowie eine umgehende Aburteilung des Unholdes, der so rüpelhaft und brutal über seine zarten Gefühle getrampelt war.

Schmeichel heuchelte erst einmal Mitgefühl und erklärte sich uneingeschränkt solidarisch. Dann erkundigte er sich raffiniert, ob Gangplf denn diese möglicherweise leicht zu missverstehende Vokabel „anschwärzen" gebraucht habe. Das stritt der Befragte zuerst rundweg ab. Dann log er weiter, er könne sich an jenen Terminus technicus nicht erinnern, da sei er fast sicher, so etwas nicht gesagt zu haben.

Unverzüglich einsetzende telefonische Nachfragen Schmeichels bei Mitgliedern des Personalrates ergaben, dass drei nichts, aber absolut nichts gehört haben wollten, was nur annähernd wie „anschwärzen" geklungen habe.

Drei Weitere versicherten dagegen, der Fauxpas sei dem Vollmunde Gangolfs entsprungen. Blitzschnell änderte Gangolf nunmehr die Taktik und erklärte, falls er diesen Ausdruck

gebraucht hätte, sei das in keiner Weise abwertend oder gar negativ gemeint gewesen, da in allen vier Duden, die er sein höchstpersönliches Eigentum nennen dürfe, anschwärzen mit der Bedeutung von anvertrauen bzw. mitteilen versehen sei.
Diese Dreistigkeit verblüffte sogar Schmeichel-Gerd für kurze Zeit, da er bis dato der Meinung gewesen war, in seinem langen Leben bereits sämtlichen Unsinn gehört zu haben. Aber der Vortrag Gangolfs erlaubte ihm, seiner Lebensdevise „Fahre stets in der Mitte der Bobbahn, dann eckst Du weder links noch rechts an und kommst ungerupft ins Ziel" treu zu bleiben und die Sache hiermit als erledigt zu betrachten.
Er versicherte Gangolf noch einmal seiner unverbrüchlichen Anteilnahme, riet ihm gehässiger Weise mit Dose ein sogenanntes Männergespräch unter vier Augen zu führen und schob ihn dann vorsichtig, aber unnachgiebig, aus seinem Zimmer, darauf verweisend, dass noch dringende Termine anstünden.
Nach dieser Meisterleistung hochzufrieden mit sich und seinem diplomatischen Geschick, legte er die Füße wieder auf den Schreibtisch und war ein wenig später wieder in tiefen Schlummer gefallen.

9.

Gangolf, dem bewusst wurde, dass er nichts erreicht hatte, schlurfte in sein Büro zurück und setzte sich tief deprimiert an seinen Schreibtisch. In solchen Momenten konnte ein unbeteiligter Beobachter seiner Person durchaus etwas Liebenswürdiges abgewinnen.

Sicher war, dass er nicht im Traum daran dachte, den Ratschlag Schmeichels zu beachten und mit dem psychopathischen Dose ein Vier-Augen- Gespräch zu führen. Dem würde er zukünftig nur noch gut bewaffnet entgegentreten und bei der leisesten Regung des Rebellen sofort das Feuer eröffnen. Das ging auf das amerikanische Blut zurück, das in Gangolfs Adern mächtig wallte und die Auserwählten des Herrn zu den Herren der Welt gemacht hatte.

Nun spürte er, dass sich ein Hungergefühl meldete und langsam kehrte Lebensmut in unseren Helden zurück. Kurz entschlossen machte er sich auf den Weg in die im Keller befindliche Kantine, kaufte dort zwei Wurstweck, ein Paar Wiener Würste mit Kartoffelsalat und zwei Flaschen seines heißgeliebten Karlsbergbieres. Die Fourage ließ er in eine Plastiktüte packen und schlenderte betont harmlos in sein Büro zurück. Dort sperrte er die Tür von innen zu und machte sich an die Vernichtung der Rationen, wobei er aus liebgewordener Gewohnheit mit dem Aperitif begann. Nachdem er nimmer durstig und fürs Erste auch ausreichend gesättigt war, kehrte der alte Elan wieder.

Seine Heldenseele dürstete nach neuen Aktionen. Das ließ ihn an Walburga Wasser denken.

Da die Behörde in jenen glücklichen und längst vergangenen Tagen über zu viel Personal und zu wenig Räumlichkeiten verfügte, mussten in der Nähe Häuser angemietet werden, um die Raumnot zu bannen.

Der Zustand dieser Nebenhäuser spottete jeder Beschreibung. Alt und im Winter eiskalt, mit Fußböden, die so schief waren, dass ständig das Gefühl vorherrschte, auf hoher See zu sein, mit Mobiliar aus dem 30-jährigen Krieg und Toiletten, die den Bediensteten, die in der ruhmreichen Bundeswehr gedient hatten, bei der Erinnerung an die dort gebräuchlichen Donnerbalken Tränen der Rührung in die Augen trieben.

Es gab vereinzelte Bedienstete, die sich erdreisteten, darauf hinzuweisen, dass das Halten von Mastschweinen in diesen Räumen als unverzeihlicher Verstoß gegen die Tierschutzgesetz geahndet werden würde. Artenschutzbestimmungen galten allerdings nicht für beamtete oder angestellte Staatsdiener, da für jene Sonderbestimmungen in Kraft gesetzt worden waren, die ihnen den Status von Vogelfreien verliehen.

Etwas Positives hatten aber auch die Verschläge in den Nebengebäuden. Sie lagen schön entfernt von der Zentrale und ermöglichten den dort ausgelagerten Bediensteten ein relativ ungestörtes Eigenleben.

So waren die meisten zufrieden, zumindest solange es nicht regnete, da im Hinblick auf die angespannte Haushaltssituation eine Reparatur der Dächer dem Herren der Finanzen, und hier müssen wir noch einmal an Berthold Blume erinnern, nicht zumutbar war. Es gibt ja auch wirklich wichtigere Dinge als undichte Dächer.

Gangolf machte nun den Dienstgang in das Nebenhaus in der Bergstraße 12.

Die ihm auf dem Weg begegnenden Staatsdiener der unteren Chargen bediente er mit kurzem wohldosiertem Kopfnicken. Die High society dagegen wurde mit tiefen Verbeugungen hofiert, denn schließlich war er wohlerzogen und wusste, was sich gehörte.

In Walburgas Kämmerlein angekommen, mimte er den erfolgreichen Jungunternehmer, trat beschwingt und ohne anzuklopfen ein, verschloss sorgfältig die Tür von innen und umarmte die freudig bewegt wirkende Frau Wasser.

Walburga leitete eine Geschäftsstellenabteilung und war somit Gangolfs Untergebene.

Frau Wasser, die ihrem Familiennamen keine Ehre machte, da sie viel lieber Alkoholika aller Art konsumierte als Wasser, war ständige Vertreterin bei den sich mit schönster Regelmäßigkeit ereignenden Trinkgelagen unserer kleinen Behörde.

Gangolf kümmerte sich bei diesen Gelegenheiten in geradezu rührender und selbstloser Weise um die sich immer öfter in einen hilflosen Zustand Versetzende.

Er erwies sich als ein Mann der Tat und war stets bereit, auch selbst Hand anzulegen, wobei ihm Walburga bereitwillig entgegenkam.

Sie war eine hübsche Frau mittleren Alters und witterte instinktiv die Attraktivität Gangolfs, die sich in seiner Macht über die kleinen Staatsdiener widerspiegelte.

Gangolf dagegen war überaus glücklich, der ihm von Gertrude auferlegten sexuellen Enthaltsamkeit hin und wieder entsagen zu können.

Da er zu Hause nicht die Schlüsselgewalt innehatte und somit auch nicht in der Lage war, die notwendigen Devisen lockerzumachen, die ihm den Besuch geeigneter Etablissements ermöglicht hätten, war ihm kein anderer Ausweg verblieben.

Das Entgegenkommen, das Walburga so freigiebig an ihn verschwendete, dankte Gangolf mit der Zuweisung eines Einzelzimmers, das sich somit bequem und mühelos in eine kleine Liebeslaube umfunktionieren ließ und mit vielen Hilfsaktionen, die Walburga das Leben in einer harten und feindlichen Umwelt doch erheblich erleichterten.

Behördenintern firmierte sie als Frau Nessel.

Erwartungsfroh und stolz schaute sie nun auf ihren Gangolf und harrte der Dinge, die da jetzt wohl kamen. Gangolf aber unterrichtete seine Walburga ohne große Umschweife über die Ereignisse dieses Vormittags.

Die Begegnung mit Dose unterschied sich allerdings ein wenig von der Darstellung, die er Schmeichel zum Besten gegeben hatte.

Plötzlich war er ganz Herr des Geschehens, schilderte wie er Dose kühl abblitzen ließ und diesen, als er sich gar zu sehr exaltierte, ohne Weiteres vor die Tür setzte.

Jung Siegfried lebte. Der Drachentöter hatte wieder einmal zugeschlagen. Obwohl Walburga doch erhebliche Zweifel an der Korrektheit der Darstellung des Geschehensablaufes beschlichen, denn sie hatte ihren Herrn und Meister recht gut kennen gelernt, markierte sie rückhaltlose Anbetung und wollte ihn belohnen, indem sie seine Hand auf ihrem stolz ragenden Busen platzierte. Gangolf, der sich soeben im Nachhinein selbst zum Sieger gekürt hatte, stand der Sinn jetzt aber nicht nach profanen Betätigungen.

Er wollte viel lieber ein Bier trinken, um den in der Verlängerung errungenen Sieg zu feiern.

Walburga, die dank Gangolf stolze Eigentümerin eines randvoll mit eisgekühlten Karlsbergbierflaschen gefüllten Kühlschrankes war, brachte ihm sofort das Gewünschte und er bemühte sich erfolgreich, einen neuen Rekord im Weggurgeln aufzustellen. Nun fühlte er sich entspannt und glücklich und jeder Situation gewachsen.

So herzte er seine Walli zum Abschied und setzte sie von dem bei Kanne sich ereignenden kleinen Umtrunk in Kenntnis. Ohne zu zögern sagte Walburga ihr Kommen zu.

10.

Auf dem Rückweg in die Zentrale lief er Inge Tessin über den Weg. Das dämpfte seine gute Laune erheblich. Inge war eine Kollegin, die dienstrangmäßig weit unter ihm rangierte.

Wie der Vorname bereits verrät, wollte sie Angehörige des Geschlechts sein, dass Mann etwas zu verallgemeinernd das schöne nennt.

Sie entsprach nun jedoch so gar nicht Gangolfs Vorstellungen von einem attraktiven weiblichen Wesen. Kurz gewachsen, mit noch kürzeren stempelartigen Beinen, einem gewaltigen Resonanzkörper und einem mächtigen Busen, der den Gesetzen der Schwerkraft bereits vor langer Zeit hatte Tribut zollen müssen, war ihre Physiognomie die unbestreitbare Bestätigung der Floskel, dass es besser ist, von Picasso gemalt als vom Leben gezeichnet zu sein.

Tierfreunde mochten bei ihrem Anblick in wilden Begeisterungstaumel zu verfallen, Gangolf gehörte aber nicht zu dieser Spezies.

Ein Freund von Dose hatte die frappante Ähnlichkeit zwischen ihr und einem Vierbeiner, den der Hundespezialist gemeinhin nur Bulldogge nennt, bemerkt und seit jenem Moment war dies ihr nur heimlich, aber gern und oft gebrauchter Spitzname, den Dose und seine Spitzbuben ihr verliehen hatten.

Dieser war nicht nur aufgrund der vorhandenen körperlichen Parallelen gerechtfertigt, sondern auch wegen des von Inge gerne demonstrierten Verhaltens.

Stets wachsam und bissbereit scheute sie sich nicht, ihre Hängebacken aufzublasen und alles und jeden grundlos anzubellen. Gleichzeitig neigte sie aber auch dazu überraschend schnell den Schwanz einzuziehen und die Ohren anzulegen, wenn jemand mit dem Maulkorb wedelte oder den Hundefänger rief. Diese Vergleiche sind selbstverständlich nur in einem übertragenen Sinne zu verstehen, da Inge andernfalls, wenn sie tatsächlich mit Schwanz und mobilen Ohren gesegnet gewesen wäre, in jedem Staatszirkus leichtes Geld hätte verdienen können. Von solchen Auftritten ist jedoch nichts in die Öffentlichkeit gelangt.

Gefürchtet war sie wegen ihrer Bösartigkeit, die sie zum einen hemmungslos verbreitete und die zum anderen ursächlich mit ihrem sie selbst nicht wirklich überzeugenden Äußeren zusammenhängen dürfte. Da ihre Mitmenschen der Meinung waren, sie sei schon genug gestraft, verzichteten sie in der Regel darauf, ihr die Ohren zu stutzen.

Eine Ausnahme bildete, dies war vorauszusehen, der undiplomatische Dose, der ihr derart häufig in die Parade gefahren war, dass sie ihn nunmehr von ganzem Herzen hasste. Sie hasste ihn aber nie in seiner Gegenwart, sondern nur dann, wenn er schön weit weg war. Sie hasste auch Frauen, die besser aussahen und von männlichen Bewerbern hofiert wurden. Aus diesem Blickwinkel betrachtet, kann die Prognose gewagt werden, dass sie alle Frauen dieser unserer Welt nicht mochte. Diesem Sonnenscheinchen nun über den Weg laufen zu müssen, empfand Gangolf als außerordentlich ärgerlich. Schuld daran war seine mangelnde Sehkraft, die ihn nicht in die Lage versetzte, ihm missliebige Personen so rechtzeitig erkennen zu können, dass er ihnen noch ausweichen konnte.

Er identifizierte Inge auch erst, als er den ungeliebten Ton ihrer Stimme vernehmen musste. Inge wies ihn gleich darauf hin, dass er heute aber gar nicht gut aussähe und richtig krank wirke. Ob es etwas Lebensbedrohliches sei, wollte sie sodann wissen.

Die Bemerkung führte umgehend zu der beabsichtigten Wirkung. Gangolf begann, sich krank zu fühlen. Er klagte über die Inversionslage, womit er beim Wetter war und wies auf damit verbundene Kreislaufprobleme hin, die sich nun auch wirklich bei ihm einstellten. Dagegen helfe nur joggen, was er sich für den heutigen Nachmittag wieder fest vorgenommen habe. Er laufe jeden Tag mindestens 15 Kilometer, log er gewohnt ungekonnt weiter. Das Training halte ihn in der sehr guten Verfassung, die vonnöten sei, um eine Behörde wie diese souverän leiten zu können, lobte er sich anschließend über den grünen Klee.

Danach wollte er das Gespräch beenden, indem er behauptete, in einer eiligen Chefsache unterwegs zu sein und absolut keine Zeit zu haben. Die Tessin ließ jedoch nicht locker und versuchte, sich festzubeißen. Sie fragte im Stil der naiven Blonden, ob es Doses Stimme gewesen sei, die sie heute Morgen im dritten Stock vernommen habe, obwohl sie, wie Gangolf bekannt sei, im zweiten Stock arbeite. Bei der Erwähnung von Doses Namen fühlte Gangolf sich einem Blutsturz nahe und die Wut, die explosionsartig in ihm hoch schwappte, raubte ihm für einen Moment den Atem.

Seine Stimme überschlug sich, als er von Doses ungebührlichem Verhalten berichtete.

Inge bedauerte Gangolf ausgiebig und versicherte ihm, dass jeder anständige Mitarbeiter der Behörde der Meinung sei, dass Dose nicht mehr alle Tassen im Schrank habe und ein ganz gefährlicher Psychopath sei.

Ganz im Vertrauen erzählte sie ihm, dass Dose sich sehr häufig vor Publikum über ihn lustig machen würde, indem er unter anderem Gangolfs intellektuelle Leistungsfähigkeit geschmäht und ihn als trinkendes Abziehbild bezeichnet habe. Des Weiteren glaubte sie sich an Verleumdungen, wie Schlappschwanz, Memme, Flaschenkind und Hurensohn in Bezug auf seine Person erinnern zu müssen.

Gangolf war sprachlos, da er nie und nimmer geglaubt hatte, dass es jemand wagen würde, derart unverblümt die Wahrheit über ihn zu verbreiten. In welchen Zeiten musste er eigentlich sein Dasein fristen? Wo war der Respekt für die errungene Position geblieben? Das war Revolution und die konnte er nicht dulden.

Vollkommen aufgelöst forderte er Inge auf, Zeugen für die Majestätsbeleidigung namhaft zu machen. Das ging Inge entschieden zu weit. Sie gab vor, sich daran nicht mehr erinnern zu können.

Auf Gangolfs verschärftes Insistieren im Stile der Organe der Staatssicherheit meinte sie geschickt, Joseph Koller und Karl Scheibe könnten Zeugen des Vorfalls gewesen sein. Beschwören würde sie das aber nicht. Dann verabschiedete sie sich mit einem fröhlichen Lächeln und der nicht unbegründeten Hoffnung, einigen lieben Kollegen den Tag versaut zu haben.

11.

Gangolf gingen Gedanken in einer Anzahl, die er selbst nicht mehr für möglich gehalten hatte, durch den Kopf, so dass er nahezu schlafwandlerisch den Weg zu seinem Büro zurücklegte, ohne irgendjemanden bewusst wahrzunehmen.

Als er wieder zu sich kam, hatte er sein Haupt auf den massiven Schreibtisch gebettet und überlegte, was er nun tun sollte.

Wenn er planvoll vorginge, könnte er Dose in die Pfanne hauen und ihm zu einem Disziplinarverfahren verhelfen, um das dieser schon so lange gebettelt hatte.

Plötzlich schrillte das Telefon. Unwirsch nahm er den Hörer in die Hand und schleuderte seinen Namen in die Muschel. Ein demütiger Untergebener fragte nach, ob es ihm erlaubt sei, umgehend bei ihm vorsprechen zu dürfen. Er habe keine Zeit, plärrte Gangolf und befahl, in geraumer Zeit noch einmal auf die Angelegenheit zurückzukommen, frühestens allerdings in zwei Wochen.

Der völlig eingeschüchterte Mitarbeiter wagte keinen Widerspruch und fügte sich in das über ihn verhängte Geschick.

Gangolf fühlte sich nun besser. Er war zu dem Entschluss gekommen, die von der Tessin benannten angeblichen Zeugen von Doses Verunglimpfungen vorzuladen und sie einem peinlichen, wenn auch nicht hochnotpeinlichen, amtlichen Verhör zu unterziehen.

Zuerst bat er auf die ihm eigene und unnachahmliche Art Klaus Scheibe um sein Erscheinen. Dieser kam auch prompt.

Scheibe, Vorsitzender des Personalrats, der auch einer von denen war, die von der Formulierung „anschwärzen" aber so rein gar nichts gehört haben wollten, war ein durchaus umgänglicher Zeitgenosse.

Spiel und Spaß sowie feucht-fröhlicher Geselligkeit in reichem Maße zugetan, versuchte er seinen Mitarbeitern ein guter Kollege zu sein. Mittelgroß und kräftig mit Vollbart, Brille und Glatze gesegnet, bot er einen passablen Anblick. Er stammte aus der „Palz", was sich in einer blumigen und vollmundigen Art zu artikulieren niederschlug und liebte derbe Späße und ebensolche Witze über alles.

Er war ständig in Eile und auf der Suche nach Neuigkeiten und Abwechslung von der tristen Bürofron. Er vermied es allerdings konsequent, sich in Streitereien involvieren zu lassen und überließ Gehässigkeiten und Konflikte seinen lieben Mitmenschen. Aufgrund dieser lobenswerten friedfertigen Grundeinstellung war er jedoch als Vorsitzender des Personalrats mit Sicherheit am falschen Platz, da Streitigkeiten bei der Wahrnehmung einer solchen Tätigkeit zum täglich Brot gehören.

Wenn Gangolf tatsächlich der große Stratege und Taktiker gewesen wäre, für den er sich ungerechtfertigter Weise hielt, dann hätte er sich die nun anbahnende Zeitverschwendung erspart.

Zuerst eröffnete er wie so oft wahrheitswidrig mit würdevoll erscheinend wollender Anklägermiene, er sei von Schmeichel mit der Durchführung eines Vorermittlungsverfahrens zum Zwecke

der Einleitung eines Disziplinarverfahrens förmlich betraut worden.
Betroffener des Vorganges sei der berüchtigte Johannes Dose.
Dann wies er darauf hin, dass Scheibe die Wahrheit zu sagen habe und nichts als die Wahrheit. Auf die Abnahme des Eides mit der Schlussformel „So wahr mir Gangolf helfe", verzichtete er im letzten Augenblick, da er schließlich nicht überziehen wollte.
Aufgrund der gewählten Taktik dünkte er sich fuchsschlau. Er hatte deutlich gemacht, dass es sich um eine ernste Angelegenheit handelte und die Machthaber an der Aburteilung eines unverbesserlichen Querulanten interessiert waren.
Scheibe, der bereits ahnte, was da nun kommen sollte, heischte um Aufklärung.
Gangolf berichtete nun, dass eine nicht näher genannt werdende informelle Mitarbeiterin namens Inge Tessin ihm ehrenrührige Äußerungen über seine, mithin also Gangolfs, Person zugetragen und ihn unter anderem als Zeugen benannt habe. Scheibe bekundete größtmögliche Bestürzung und beteuerte im gleichen Atemzug, dass ihm Diffamierungen von welcher Seite und welcher Person gegenüber auch immer niemals zu Ohren gekommen seien. Er könne sich so etwas auch überhaupt nicht vorstellen und käme als Zeuge dafür nicht in Frage.
Gangolf, der erheblich mehr vorauseilenden Gehorsam erwartet hatte, ließ nicht locker.
Er dozierte, dass jeder in der Behörde wisse, dass Dose ein gefährliches subversives Element sei, der ein sehr großes Maul

habe und das bei jeder sich bietenden Gelegenheit grund- und schamlos weit aufreiße.

Scheibe log tapfer weiter, davon sei ihm nichts bekannt und davon habe er ebenso wenig gehört, wie von Äußerungen Gangolfs, die sich auf die Person Doses bezögen.

Gangolf wies nun darauf hin, dass noch ein zweiter Zeuge benannt sei, und zwar Joseph Koller. Die Nennung dieses Namens erfüllte Scheibe mit einiger Vorfreude, in der sich auch Schadenfreude widerspiegelte, da er wusste, dass bei dem nun folgenden Gespräch für Gangolf ebenfalls nichts zu holen war. Koller wurde sofort herbeizitiert. Jener trabte geraume Zeit später gemächlich an, mehr neugierig als erstaunt, was sich im Kindergarten, wie er die Behörde gerne bezeichnete, wieder einmal Schreckliches ereignet hatte.

Koller, der ein bisher in jeder Hinsicht sehr bewegtes Leben geführt hatte, sah aus wie ein Zwillingsbruder von Scheibe. Durch vorzeitigen Haarausfall gezeichnet, liebte er es, dem Schicksal durch das Tragen einer Perücke ein Schnippchen zu schlagen.

Da er zudem das Motto „Ich und meine Zähne schlafen getrennt" beherzigte, erkennen wir, dass die harte, aber gerechte Mutter Natur ihn für sein Lotterleben mit vorzeitigem Zahnausfall gestraft hatte.

Hämische Mitmenschen bezeichneten ihn aufgrund der erfolgten Nachbesserungen als ein wandelndes Ersatzteillager. Gesegnet mit einem beachtlichen Bierbauch, verbreitete er wo immer er auftauchte, einen penetrant guten Duft, was auf den regelmäßigen Besuch der Avonberaterin zurückzuführen war, die er dank seines exorbitanten Duftwasserverbrauchs zu einer wohlhabenden Frau gemacht hatte.

Als Junggeselle hatte er die Freuden des Daseins in vollen Zügen genossen, was nicht nur zu einer gewaltigen Dezimierung der ihm von der Vorsehung auf den Lebensweg mitgegebenen Leberzellen führte, sondern auch sein gewöhnungsbedürftiges Aussehen mit verursacht hatte. Dies hielt die Damen allerdings nicht davon ab, ihm zugetan zu sein, da er, wenn er wollte, durchaus Charme versprühen konnte. In Zeiten vorausgegangener sexueller Enthaltsamkeit konnte und wollte er dann auch.

Sein Verhalten musste er auch einmal strafrechtlich gewürdigt sehen, als er nach einer von den frühen Morgenstunden bis in den späten Abend sich erstreckenden kleinen dienstlichen Feier volltrunken sein bis zu diesem Zeitpunkt noch als neu zu bezeichnendes Fahrzeug bestieg, gut gemeinten Ratschlägen in bezug auf Taxifahrten wie immer nicht zugänglich, und nach kurzer Wegstrecke einen langweilig am Straßenrand abgestellten Lastkraftwagen durch heftiges Auffahren aus seiner Lethargie riss.

Das kostete ihn nicht nur die letzten beiden ihm verbliebenen Originalzähne, sondern auch einen dreimonatigen Krankenhausaufenthalt dank der bei dem Unfall erlittenen schweren Verletzungen. Seine zu Protokoll gegebene Aussage, der LKW sei unvermittelt und heimtückisch auf die Straße gesprungen, wurde seitens des Gerichts als originelle Schutzbehauptung gewertet.

Die sich an das Strafverfahren anschließende amtliche Vernichtung des Kollerschen Führerscheins war eines der Großereignisse unserer Behörde und wurde von den teilnehmenden Gästen, die wie üblich ungeladen erschienen waren, gebührend und bis in die Nacht begossen. Danach bestiegen die meisten der alkoholisierten Teilnehmer der Orgie ihre fahrbaren Untersätze und fuhren, ohne größere Schäden anzurichten, gewohnt sicher nach Hause.

Hervorgehoben werden muss an dieser Stelle Kollers Leidenschaft für das Spiel mit dem runden Leder. Er liebte dieses Spiel, obwohl er dafür denkbar ungeeignet war, da man nicht nur mit den Füßen, sondern auch mit dem Kopf spielen muss.

Sein heimlich bewundertes Vorbild war Johannes Dose, der als Beckenbauer der Karl-Marx-Straße eine gewisse lokale Berühmtheit erlangt hatte. Koller hätte auch gerne so Fußball spielen können wie Dose und war immer ein wenig neidisch ob dessen technischer Ballfertigkeit.

Sobald Koller einen Fußballplatz betrat, warf er den kümmerlichen Rest der ihm noch verbliebenen Vernunft über Bord und degenerierte zu einem dreijährigen Kindergarteninsassen. Mit hochrotem Haupt stürmte er über das Schlachtfeld, trat, schlug und biss seine Gegenspieler, beschimpfte bei nachteiligen Entscheidungen des Schiedsrichters diesen aufs Heftigste und schrie bei jeder sich bietenden Gelegenheit seine

Mitspieler an, weil diese seiner bescheidenen Ansicht nach weder die hohe Kunst des Fußballspielens noch die Genialität seiner spielerischen Einfälle zu begreifen in der Lage waren.
Mittlerweile war er aufgrund der geschilderten diversen körperlichen Gebrechen nicht mehr fähig, diesen Kampfsport auszuüben und hatte zum Segen seiner Mitspieler ein Engagement als Fußballtrainer angenommen und so manchen Erfolg gefeiert, so dass er von seinen Fans bereits mit Sepp Herberger in einem Atemzug genannt wurde.
In unserer Ermittlungsbehörde war er mit der Berechnung und Beitreibung der Kosten, die ein Strafverfahren nun mal zu verursachen sich nicht scheut, betraut. Diese Tätigkeit, bei der er sich wahrlich nicht überanstrengen musste und die er hin und wieder auch seiner 80-jährigen Mutter anvertraute, ermöglichte ihm, viel Freizeit zu haben und diese dem geliebten Sport zu widmen.
So war er denn nur selten auf seinem Arbeitsplatz anzutreffen und wenn sein Name nicht noch in der Telefonliste gestanden hätte, wäre es ihm wohl gelungen, sich unbemerkt ins Privatleben zurückzuziehen und ungestört seiner Passion als Fußballguru zu huldigen.
Dass Gangolf ihn jetzt auf seinem Arbeitsplatz erreicht hatte, grenzte ans Wunderbare und nahezu Mystische.
Gewohnt lässig schlenderte er nun in Gangolfs Dienstzimmer und grüßte diesen gemessen, während er für Scheibe ein „Hallo Glatzkopf" erübrigen konnte.

Scheibe, der mit Koller seit Jahrzehnten befreundet war, ging ihm wie auch sonst immer auf den Leim.

Mit vor Zorn bebender Stimme wies Scheibe darauf hin, dass Koller selbst stolzer Besitzer einer Glatze sei und nur zu feige wäre, sich auch dazu zu bekennen.

Während Scheibe in der Regel durch beinahe nichts aus der Fassung zu bringen war, waren die Kollerschen Bemerkungen über seine fehlende Haarpracht oder seinen Leibesumfang stets geeignet, Kernspaltungen in seinem Gemüt zu bewirken und Kettenreaktionen ablaufen zu lassen.

Die Art der Provokation war stets die gleiche und auch jedermann in der Behörde geläufig. Scheibe hatte in all den Jahren nie gelernt, mit Gleichmut darauf zu reagieren.

Selbst die Beratung durch Psychologen, Meditation, Jazztanz und Rückführungen in bereits vergangene Daseinsformen hatten nicht vermocht, diesen wunden Punkt im Seelenleben Scheibes verheilen zu lassen.

Koller genoss auch jetzt wieder die Reaktion auf seine Attacke und schaute Gangolf beifallheischend an.

Diesem war momentan allerdings nicht nach den sonst üblichen Mätzchen zumute und so kam er ohne Umschweife zur Sache.

Koller wurde sehr wachsam und sein Neandertalergesicht, mit dem er oberflächliche Beobachter zu täuschen vermochte, signalisierte gespannte Aufmerksamkeit.

Nachdem Gangolf sein Lamento beendet hatte, versicherte Koller unverzüglich und wider besseres Wissen, dass Dose ihm gegenüber niemals solche Formulierungen gebraucht habe und er sich das bei all seiner großen Phantasie, die er ja immer wieder im Umgang mit Scheibe unter Beweis stelle, nicht im Traume vorstellen könne.

Scheibe hatte Kollers nicht zu widerlegenden Vortrag, durch den er sich glanzvoll bestätigt sah, mit heftigem Kopfnicken begleitet und ansonsten so feierlich gewirkt wie sonst nur bei Beerdigungen.

Gangolf machte einen letzten Versuch, indem er auf seine gute Zusammenarbeit mit dem Personalrat sowie seine zahllosen Verdienste für die Behörde und das übergroße Wohlwollen für die beiden vor ihm sitzenden Kollegen verwies. Aber auch diese Taktik vermochte die Meineidigen nicht von ihren Falschaussagen abzubringen.

Gangolf stellte daraufhin seine Bemühungen ein, griff zum Telefon und empfahl Inge Tessin mit eisiger Stimme, sofort bei ihm vorzusprechen. Sie erschien prompt. Nachdem Inge den Schauplatz betreten hatte, konfrontierte Gangolf sie mit den Aussagen von Scheibe und Koller.

Inge verteidigte sich, indem sie darauf verwies, Gangolf darauf aufmerksam gemacht zu haben, dass sie nicht sicher gewesen sei, ob die beiden bei Doses Untaten zugegen gewesen und dass die Informationen, die sie ihm wohlwollend habe zukommen lassen, streng vertraulich waren.

Gangolf, der auf solch faule Ausreden sehnsüchtig gewartet hatte, nahm nun dankbar die ihm gebotene Gelegenheit wahr, die aufgestauten Frustrationen an einem geeigneten Objekt abzureagieren. Seine Stimme erreichte ungeahnte Höhen, als er

Inge entgegen donnerte, sie habe hier einen guten Kollegen, womit zum Erstaunen aller Dose gemeint war, auf ihre typisch hinterhältige Art und Weise zu denunzieren versucht. Dies sei ihr jedoch wegen seiner Wachsamkeit nicht gelungen und werde ihr auch künftig nicht gelingen.

Die von ihr getätigten Äußerungen stellten schwerste Straftaten dar und er werde höchstpersönlich dafür sorgen, dass sie zur Verantwortung gezogen würde.

Inges sonst so selbstbewusste Kampfhundemimik hatte sich bei dieser Suada vollkommen verändert. Ihre Bulldoggen-hängebacken hatten sämtliche Stehversuche aufgegeben und zitterten, während sich die Augen mit Tränchen füllten. Sie habe es schließlich nur gut gemeint, erwiderte sie mit klagender Stimme.

Außerdem habe sie nie behauptet, Dose hätte jene Beleidigungen geäußert, sondern nur darauf verwiesen, solche wären ihm durchaus zuzutrauen. Jetzt verlor Gangolf vollends die Fassung. In seine schielenden Augen trat ein irrer Ausdruck, während seine Hände, die für Gertrude mindestens zwei Nummern zu klein waren, sich selbstständig zu machen versuchten.

Inge erkannte die ihr drohende Gefahr, machte auf den pummeligen Beinen kehrt und verschwand, die Tür hinter sich zuwerfend.

12.

Gangolf war nun am Ende seiner Kräfte. Was hatte er denn verbrochen, dass die ganze Welt so böse und gemein zu ihm war?
Koller und Scheibe, die das ihnen gebotene Schauspiel in vollen Zügen genossen hatten, waren begeistert. Endlich wieder Abwechslung und Gesprächsstoff für die kalten und langweiligen Winterabende.
Kollegial und sozial, wie sie aber auch waren, teilten sie Gangolf ihre Bewunderung für dessen genial anmutende Strategie mit und gaben sich höchst beeindruckt. Das spendete Gangolf den so sehr benötigten Trost. Er verspürte Durst und beauftragte Koller, drei Bier aus der Kantine zu besorgen. Es handle sich dabei um einen dienstlichen Befehl, wagte er bereits wieder einen Scherz.
Koller, der auf diese Weise den ihm innewohnenden Bewegungsdrang ausleben konnte, ließ sich nicht lange bitten und spurtete los. Nachdem er das Bestellte geliefert hatte, setzten sie sich an den runden Tisch und tranken gewohnt professionell. Gemeinsam schimpften sie über Weiber am Steuer und am Schreibtisch. Es wurde immer wieder betont, wie schön das Behördenleben ohne weibliche Mitarbeiter sei.
Gangolf sparte in Gedanken aber seine Wally aus. Dann teilte er mit, dass Ferdi es sich nicht nehmen ließ, zur Feier seines Namenstages einen Umtrunk zu arrangieren, wozu Koller und Scheibe hiermit herzlich eingeladen seien.

Dies zauberte auf gar wundersame Art ein Lächeln in die Gesichter der so Gewürdigten. Beide schieden mit der Versicherung freundschaftlicher Verbundenheit von Gangolf. Dieser war nun der Ansicht, für heute genug gearbeitet zu haben. Er legte den Telefonhörer neben den Apparat, damit ein potentieller Anrufer stete Beschäftigung vermuten sollte und verließ sein Zimmer, um einige Auserwählte persönlich zu dem Umtrunk einzuladen.
Zuerst lenkte er seine Schritte zum Zimmer von Kuni Maurer. Der war der älteste Kollege im Haus und nach ihm der Ranghöchste.
Maurer war ein kräftig gebauter und großer Mann, der im Laufe vieler Berufsjahre in Ehren ergraut war.
Da er chronisch nervös war, neigte er zu rasend schneller und undeutlicher Sprechweise, was für Ungeübte eine verständliche Kommunikation mit ihm unmöglich erscheinen ließ, da diese, falls sie nicht ständig nachfragen wollten, erraten mussten, was Kuni gerade zum Besten gab oder einfach alles geduldig über sich ergehen ließen und durch periodisches Kopfnicken geistige Anwesenheit und Interesse suggerierten, zumal er eine direkte Stellungnahme zu seinen Ergüssen nicht ernstlich zu erwarten schien. Es reichte ihm in der Regel völlig, wenn er nur reden durfte.
Kuni, der an diesem Morgen noch keine Gelegenheit zu einem guten Monolog gehabt hatte, witterte seine Chance, als Gangolf bei ihm eintrat. Ohne diesem auch nur die Möglichkeit zu einer Begrüßung zu geben, legte Kuni gleich los.

Gangolf verstand von der Wortflut, die über ihn kam wie sonst nur Gertrude, rein gar nichts. Er glaubte jedoch die Worte Niere, Kolik und Treppe identifizieren zu können.
Gleich darauf stand Kuni auf und hüpfte wie ein Medizinball mit gekrümmtem Oberkörper durch das Zimmer.
Neugierig geworden, fand er durch beharrliches Nachfragen heraus, dass Kuni vergangene Nacht offensichtlich eine Nierenkolik erlitten hatte und durch beharrliches Hüpfen von Treppenstufe zu Treppenstufe einen Nierenstein im wahrsten Sinne des Wortes dazu gebracht hatte, sich zu „verpissen".
Gangolf wollte Kuni seine uneingeschränkte Bewunderung für dessen medizinische Geschicklichkeit und eiserne Härte kundtun und ihm gleichzeitig Dr. Rachels Nierentee zur Nachbehandlung empfehlen. Dazu kam er aber nicht mehr, da Kuni urplötzlich das Thema gewechselt hatte. Er erzählte, quasi als abschreckendes Beispiel, welch strafvollstreckungsrechtlicher Kunstfehler ihm widerfahren und wie dieser zu vermeiden gewesen sei.
Von diesem Wortschwall verstand Gangolf überhaupt nichts, was jedoch nicht dramatisch war, da er auch inhaltlich total überfordert gewesen wäre.
In einer Millisekunden währenden Atempause brachte Gangolf seine Einladung vor und wollte blitzschnell retirieren. Er hatte dazu aber keine Gelegenheit, da Kuni ihn der Einfachheit halber festhielt und nun über die Vorteile des Weingenusses im Vergleich zum Biertrinken dozierte. Er verwies darauf, dass Wein schon bei den alten Römern sehr beliebt gewesen war und

außerdem mannigfaltige Heilkräfte beinhalte, die insbesondere bei Magenschleimhautentzündungen, Sodbrennen, grauem Star und Darmverschluss wahre Wunder bewirke, während Bier eigentlich nur dick und doof mache und somit abzulehnen sei. Bekräftigend trommelte er auf seine nicht unbeachtlichen Fettreserven.

Gangolf glaubte, die Worte Wein, Wein sowie Bier, Bier und Bier vernommen zu haben und sah sich zu heftiger Zustimmung veranlasst.

Dann riss er sich von dem arglosen Kuni mit einer schnellen Drehbewegung los, rief einen Abschiedsgruß und raste ohne sich umzublicken von dannen, um in voller Fahrt im Zimmer von Karl-Josef König einzulaufen.

Dort bemerkte er, dass König seine Behausung wieder einmal verlassen hatte. Vermutlich befand er sich in einer Gastwirtschaft mit dem bemerkenswerten Namen „Gesteinshalle", die sich in einer nahegelegenen Nebenstraße befand. In dieser Kneipe pflegte König allmorgendlich zu festen Zeiten einen kleinen alkoholischen Imbiss einzunehmen.

13.

König teilte sich das Zimmer mit Annegret Hobel, die anwesend war, wie Gangolf zu seinem Bedauern feststellen musste.

Annegret gehörte ebenfalls zu den weiblichen Geschöpfen, denen er nichts abzugewinnen wusste. Klein, mit einem ansprechenden Gesicht und einem Corpus, der ihr zu dem Spitznamen

„Wammelie" verholfen hatte, war sie das geeignete Pendant zur Tessin. Immer bereit, sich in der hohen Kunst der üblen Nachrede zu vervollkommnen, stiftete sie Unruhe, wo immer dies möglich schien. Da sie die Mühen der täglichen Bürofron scheute wie der Teufel das Weihwasser, war sie stets bemüht, sich vor der ihr zugewiesenen Arbeit zu drücken und vermutete bei allen Kollegen ähnlich gelagerte Versuche, zumeist im Übrigen zu Recht, was sie dann aber auf das Schärfste verurteilte.

Sie verwandte in der Regel erheblich mehr Zeit darauf, sich zu überlegen, wie sie Arbeit vermeiden konnte, als erforderlich gewesen wäre, um die Sache zu einem ordentlichen Abschluss zu bringen.

Akten waren für sie wie unerwünschte Ausländer, die dringend der Abschiebung bedurften. Zusammen mit Inge nahm sie an einer Kaffeerunde teil und wenn ein gemeinsamer Gegner ausgemacht war, hielten sie gegen diesen zusammen. Ansonsten scheute sich jedoch keine der beiden, über die jeweils andere herzuziehen, sobald sich eine günstige Gelegenheit ergab. Sie waren sich auch charakterlich viel zu ähnlich, um miteinander befreundet zu sein.

War allerdings ein gemeinsamer Feind benannt, kam es sofort zu einem befristeten Waffenstillstand zwischen den Kampfhennen und die Angriffsaktionen wurden koordiniert. Sie bedienten sich dabei gerne des Abteilungsleiters Kurt-Hans Goppe, der aufgrund seiner wenig männlichen Art für all mögliches Geschwätz stets ein offenes Ohr hatte.

Goppe stammte aus dem Rheinland und konnte im Gegensatz zu einer späteren Gesundheitsministerin namens Schmitt in keiner Weise als rheinische Frohnatur bezeichnet werden. Er war gegenüber vorgesetzten Behörden sehr devot und schimpfte über diese nur hinter dreifach verschlossener Tür und im Flüsterton. Sein konspiratives Verhalten manifestierte sich bereits in den sechziger Jahren des vergangenen Jahrhunderts, als er in regelmäßigen Abständen mit Schlapphut und hochgeschlagenem Mantelkragen in die Katakomben der Asservatenkammer schlich, um dort, zu rein wissenschaftlichen Zwecken, wie er dem Asservatenverwalter gegenüber betonte, Videokassetten mit pornografischem Inhalt in Empfang zu nehmen, um diese in seinem trauten Eigenheim auszuwerten, wie er nicht müde wurde zu beteuern.

Er selbst hatte den Verfasser des Kommentars der Nürnberger Rassegesetze, einen gewissen Globke, persönlich gekannt und beharrte darauf, dass dieser ein sehr guter Volljurist gewesen sei. Kritik an diesem Erfüllungsgehilfen der Nationalsozialisten wies er mit dem Hinweis auf die undemokratischen Verhältnisse jener Jahre, die ein angepasstes Agieren erforderlich gemacht hätten, um überleben zu können, als unberechtigt und überzogen zurück.

Kunstorientiert und feinsinnig beklagte er lautstark nach einer Kreuzfahrt im Ostseeraum, die ihn unter anderem nach St. Petersburg geführt hatte, das Verhalten deutscher Offizier im Umgang mit regionalen russischen Kunstschätzen. Als barbarisch und unentschuldbar brandmarkte er die Zerstörung von Gemälden, Skulpturen, Schlössern und Palästen.

Legendär war sein Verhältnis zu dem schnöden Mammon. Diesen liebte er mehr als sein großes Vorbild Dagobert Duck, der allmorgendlich ein erfrischendes Bad in den gehorteten Münzen zu nehmen pflegte. Davon wollte Goppe jedoch nichts wissen, da er befürchtete, diese würden durch diese profane Betätigung allzu sehr abgenutzt und auf Dauer glanzlos.

Nach einer verpassten Beförderung rechnete er den entgangenen Gewinn auf die nächsten fünfzig Jahre hoch und beklagte sich bei jedem, der ihm über den Weg lief, über den entstandenen unersetzlichen finanziellen Schaden.

Von unerschütterlicher körperlicher Robustheit wurde er in regelmäßigen Abständen von Kreuzschmerzen heimgesucht, die ihn jedoch nicht davon abhielten, auf einen Stock gestützt, gegen 8 Uhr 30 seinen Dienst anzutreten und, obwohl rheinischen Ursprungs, eiserne preußische Tugenden zu verkörpern.

Da er Tratsch und Klatsch über alles liebte, waren ihm Tessin und Hobel besonders lieb. Und diese wussten die regelmäßigen Tratschereien mit Goppe gut zu nutzen.

Sie meinten es schließlich nur gut, wenn sie ihm berichteten, dass einzelne Kolleginnen und Kollegen zu spät kamen und zu früh gingen, zu ungenau oder zu gründlich und aufwendig arbeiteten, täglich oder nie Alkohol tranken, zu elegant oder zu lässig gewandet waren, eine zu lange oder gar keine Mittagspause machten usw., usw.

Ihre Untergrundarbeit wollten sie als Werke der Barmherzigkeit und Nächstenliebe gewertet sehen, während sie selbst den ätzenden Spott, mit dem Dose die beiden Grazien so gerne überschüttete, als unverschämte Frechheit bewerteten.
Annegret, an der noch eine Spitze Inges, bezogen auf Längsstreifen, die schlank machen sollen, nagte, und die bereits über Gangolfs Auftritt von Scheibe informiert worden war, lächelte zuckersüß, als sie den geschäftsleitenden Beamten vor sich erblickte.
Gangolf, der seinerseits über Bemerkungen Annegrets betreffend seine sexuelle Nonchalance im Bilde war, versuchte ebenfalls zu lächeln, produzierte jedoch nur ein Zähnefletschen. Auf die rein rhetorische Frage, wo denn König sei, antwortete sie schleimig, er sei wohl außer Haus, sie wisse aber nicht wo. Dabei kniff sie ein Auge zu, um den Eindruck einer kleinen verschworenen Gemeinschaft zu erwecken.
Dies erschien Gangolf als sehr ungehörig. Er knurrte daher, sie habe in Zukunft immer genau zu wissen, wo sich König befinde und drohte dienstliche Folgen im Falle des Verstoßes gegen diese Weisung an.
Dann gab er ihr auf, König davon zu unterrichten, dass der sich umgehend nach seinem Wiederauftauchen bei ihm zu melden habe. Hochzufrieden entschwand er sodann.
Annegret hingegen, die sich diese Unverfrorenheit sehr zu Herzen nahm, rauschte ohne zu zögern in Inges Zimmer, wo beide anschließend wenig Schmeichelhaftes über Gangolfs Aussehen, Intelligenz und Potenz zu berichten wussten.

14.

Gangolf strebte nun wieder in höhere Gefilde, mithin also in sein Dienstzimmer im dritten Stock. Dort legte er den Telefonhörer wieder ordentlich auf und wandte sich seinem Lieblingsspielzeug zu. Das war ein PC. Den nutzte er zwar nur wie einen Schreibautomaten, da er von sämtlichem Fachwissen über diese hochkomplizierten Gerätschaften gänzlich unbeleckt war, hatte sich aber dennoch höchstpersönlich mit dem amtlich anmutenden Titel „ Der oberste Computerbeauftragte des Arbeitgebers im In- und Ausland" geschmückt. Das war sein gutes Recht. Schließlich hatte sich auch Napoleon selbst gekrönt. Fachleute, die ihm zum ersten Mal arglos zugehört hatten, taten dies beim nächsten Mal mit absoluter Sicherheit nicht mehr, da es ihnen als Zeitverschwendung erschien.
Die Zahl derer, die sein Geschwätz richtig einzuschätzen wussten, war allerdings hinreichend dünn gesät, so dass er bei der breiten Masse immer noch den unberechtigten Eindruck von Kompetenz im Umgang mit modernen Medien zu vermitteln vermochte.
Wie er jetzt so vor seinem Lieblingsspielzeug saß, wirkte er glücklich entspannt und irgendwie zutraulich.
Dieser Moment des Glücks war nur von kurzer Dauer. Es klopfte und Paul Ähre trampelte herein. Der war Vertreter des alten Schmeichel und als verdienter Kämpfer und Mitglied der Partei des Regierigen Osram Lacoste guter Hoffnung,

demnächst Oberindianer werden zu dürfen. Der Hinweis auf amerikanische Eingeborene ist hier nicht nur zulässig, sondern auch zutreffend, da es sich bei den damaligen Machthabern um diejenigen handelte, die landläufig als die „Roten" bezeichnet werden.

Ähre war bereits seit der Zeit, die er im Kindergarten verbringen musste, Parteigenosse und hatte seine Qualifikation im Laufe der Jahrzehnte durch Zeitschriften austragen, Plakate kleben und Bier ausschenken gebührend unter Beweis gestellt. Er war ein klobiger schwerfälliger Zeitgenosse, der in seiner Art der Fortbewegung doch sehr an den guten alten King Kong erinnerte.

Doch auch hier täuschte der gewonnene äußere Eindruck. Entgegen seinem Holzfälleraussehen wohnte ein sehr zartes Pflänzchen von Seele in seinem Inneren. Ärger, Stress und jedwede überflüssige Arbeit versuchte er tunlich zu meiden. Ruhe und Rotwein liebte er über alles und gorillahaftes Benehmen konnte ihm von keinem seiner Mitarbeiter nachgesagt werden.

Als Ähre hereinpolterte, sprang Gangolf sofort auf und machte seinen Kotau. Auf Gangolfs liebenswürdige Frage nach seinem Befinden, klagte Paul über zu niedrigen Blutdruck und pries Rotwein als probates Mittel gegen dadurch verursachte Widrigkeiten.

Gangolf begriff, eilte zu seinem Schrank, entnahm diesem eine halbvolle Flasche roten Weins und kredenzte diesen in einem schmuddlig wirkenden Wasserglas. Ähre genoss die Medizin in

schnellen Schlucken und kam dann zur Sache. Er fragte Gangolf, ob diesem bekannt sei, dass er mit einem gewissen Karl Grau zusammenarbeite. Gangolf bejahte.
Grau war ein angestellter Staatsdiener, der auf einer Geschäftsstellenabteilung die Verwaltung der Akten bewerkstelligen musste. Grau, ein mittelgroßer Mann mit hervorquellenden Augen und Neigung zu Bauch- und Hüftspeck, hatte ein grundsätzlich gutmütiges Wesen.
Darüber hinaus neigte er aber zu jähzornigem Verhalten, wenn er seine Ehre tangiert wähnte. Sein Haupt leuchtete dann purpurrot und seine Augen traten vollends aus den Höhlen. Er wirkte in solch einem Zustand wie ein überdimensioniertes Chamäleon. Da sein Mundwerk stets sehr locker war, geriet es bei Reizüberflutung leicht außer Kontrolle. Er hatte in früheren Jahren erfolgreich in der Betriebssportgemeinschaft der Behörde unter anderem mit Scheibe und Koller Fußball gespielt. Zu dieser Truppe war später auch Dose gestoßen, der, wie bereits berichtet, ein begnadeter Techniker war und bei Grau Gefühle des Neids und der Eifersucht erweckte.
Um diesen Druck, der doch sehr an ihm nagte, etwas abzubauen, hieß er Dose gerne Jungfuchs, was dieser äußerlich gelassen hinzunehmen schien. Da aber auch dessen Geduld ihre engen Grenzen hatte, kam es eines unschönen Tages zu einem Eklat auf dem Sportplatz.
Während eines Trainingsspielchens bemängelte Grau von der Ersatzbank überlaut, dass Dose den Ball wohl für sein

Alleineigentum halte, von dem er sich offensichtlich unter keinen Umständen trennen wolle. Fußball sei aber ein Mannschaftsspiel, in dem jeder zumindest einmal gegen den Ball getreten haben sollte. Dose, der sich als der wahre Kaiser fühlte, erschien die Lautstärke des gegen ihn erhobenen Vorwurfes, der sicherlich teilweise auch berechtigt war, unangemessen.

Er wies Grau mit gleicher Lautstärke auf dessen mangelnde fußballerische Begabung und die Tatsache hin, dass er den Ball dann abspielen werde, sobald die Gesamtsituation dies opportun erscheinen ließe.

Grau, der in opportun eine Beleidigung erkannt zu haben glaubte, rastete nun aus.

Er bat sich schreiend mehr Respekt aus. Schließlich habe Dose als erheblich jüngerer Spieler erheblich weniger Rechte als er. Er sei Mannschafskapitän gewesen, während es bei Dose nur zum Mittelstürmer gereicht habe. Dose schmetterte zurück, das sei alles Schnee aus der Eiszeit und Grau nur ein aus Versehen übriggebliebenes Mammut. Er verkörpere nun die Gegenwart und eine glänzende und ruhmvolle Zukunft. Grau solle sich endlich aufs Fußballaltenteil zurückziehen.

Danach machten beide Anstalten, in handgreiflicher Manier Argumente auszutauschen. Das wurde von den bis dato staunend lauschenden Mannschaftskameraden durch Abdrängen unterbunden.

Grau, der solche Situationen des Öfteren herbeiführte und dann auf die sichere Hilfe des Schwergewichtsringers Ronny Wolle vertraute, war hier ausnahmsweise bereit gewesen, selbst Hand

anzulegen. Die beiden Fußballlegenden vertrugen sich übrigens kurze Zeit später wieder.
Grau wies aber noch viele Jahre danach bei allen möglichen Festivitäten und weit fortgeschrittener Alkoholaufnahme in weinerlichem Opfertonfall darauf hin, dass Dose ihn damals gehauen hätte, wenn die Kameraden dies nicht verhindert hätten.
Dose sah über diese Monologe gleichmütig hinweg, auch wenn Grau sich immer mehr steigernd ihn dann noch als gefährlich, unberechenbar und geistig gestört einstufte. Die Schwere der Anschuldigungen stieg proportional mit der Menge der inhalierten Genussmittel.
Nüchtern war Grau ein überaus korrekter, fleißiger und fähiger Staatsdiener, dem Ordnung und Gleichmaß über alles ging.
Es ging über ihn die Sage, dass er eines schönen Arbeitsmorgens seiner lieben Ehefrau heftige Vorwürfe gemacht habe, da diese es wagte, statt der geliebten quadratischen Toastbrotscheiben runde zu servieren. Auf dem Höhepunkt des sich abzeichnenden Familiendramas habe er die unerwünschten runden Toastbrotscheiben, die sich noch im Toaster befanden, durch das unseligerweise noch geschlossene Fenster geworfen.
Das Toastbrot wurde zwar defenestriert, das führte zum Glück aber nicht zu einem 30- jährigen Ehekrieg, da Ulla ihren Karl zu gut kannte, um ihm auf Dauer gram zu sein.
Es sei jedoch ausdrücklich darauf verwiesen, dass es sich bei dem geschilderten Ereignis nur um ein nicht verifiziertes

Gerücht handelte. Zugetraut wurde es ihm allerdings von allen, die ihn kannten.

Über jenen Grau schickte sich Ähre nunmehr an, bewegte Klage zu führen.

Er zeigte auf ein mitgeführtes Aktenstück. Dieses befand sich offensichtlich in keinem guten Zustand. All überall waren rote Flecken zu erkennen, die wie getrocknetes Blut aussahen. Ähre hatte nun auf die letzte Seite der Akte geschrieben, dass diese zu reinigen und zu desinfizieren sei. Damit hatte er quasi einen dienstlichen Auftrag erteilt.

Und Grau war mit der Ausführung dieses Auftrages betraut, da er die Geschäftsstelle leitete, auf der jene Akte verwaltet wurde. Grau schrieb nun seinerseits in die Akte, dass er keine Ausbildung als Reiniger oder Desinfektor absolviert habe und somit unzuständig sei.

Danach gab er Ähre umgehend die Akte zurück.

Darauf habe er sich, so bekundete Ähre weiter, heute zu Grau begeben, diesen freundlich gegrüßt, was jener nur mit einem Knurren honorierte, und ihn dann mild nachsichtig zur Rede gestellt. Grau sei dann wie das ehedem in Funk und Fernsehen so berühmte HB- Männchen von seinem Stuhl hochgesprungen und habe getobt, es handle sich doch offensichtlich um Rotweinflecken, die Ähre vorsätzlich oder zumindest grob fahrlässig verursacht hätte, als beim Einschenken des täglich genossenen Rotspons die Hand wohl noch zu sehr zitterte. Weiteren Ausführungen Graus sei er entronnen, da er im Laufschritt das Zimmer verlassen habe.

Die Erinnerung an das traumatische Erlebnis erregte Ähre so sehr, dass das bereits erwähnte Händeflattern wieder einsetzte. Gangolf goss schnell von dem roten Zaubertrank nach. Ähre nahm dies gerührt zur Kenntnis und beeilte sich, das Glas ohne inhaltliche Verluste zu den Lippen zu bringen.
Gangolf selbst fühlte sich bedauernswert aufgrund der halboffiziell eingelegten Beschwerde. Die bei weniger bedeutenden Personen so erfolgreiche Strategie, den Sachvortrag des Beschwerdeführers auf Papier bannen und sich dies dann vorlegen zu lassen, wagte er hier nicht zur Anwendung zu bringen. Dieser sonst so bequeme Schachzug stand hier aus moralischen und machtpolitischen Gründen leider nicht zu Gebote. Er versprach Ähre, das bubenhafte Verhalten des Grau zu ahnden, ließ diesen auch noch den Rest des Seelentrösters austrinken und mit einem glücklichen Lächeln entschwinden.

15.

Gangolf war de jure Graus Vorgesetzter. Das besagten eindeutig die einschlägigen Vorschriften.
Andererseits legte er aber nicht den geringsten Wert auf eine erneute lautstarke Auseinandersetzung mit einem cholerischen Irren. Sein Bedarf für diesen Tag war gedeckt.
Er betrachtete das vor ihm liegende corpus delicti mit unverhohlenem Abscheu. Die Flecken waren seiner Ansicht nach tatsächlich Spuren destillierten Rebensaftes.

Als er gedankenschwer in der Akte herumblätterte, kam ihm der Name des Opfers bekannt vor.

Bei genauerem Hinsehen ergab sich dann, dass ein Richter des nahegelegenen Gerichts namens Till unter die Räuber, genauer gesagt, eine Räuberin gefallen war. Neugierig geworden las er weiter und seinen sich immer mehr weitenden Augen eröffnete sich folgender Sachverhalt.

Till hatte in befreundetem Volljuristenkreis nach Dienstschluss in der Altstadt eine ruhige harmonische, allerdings nicht alkoholabstinente, Gemeinschaft gepflegt. Nach dem Zapfenstreich machte er sich gemessenen und unsicheren Schrittes auf den Heimweg.

In der Nähe des Rotlichtviertels wurde ihm von einem feenhaft weiblich wirkenden Wesen ein eindeutiges Angebot unterbreitet. Da seine Ehefrau sich gerade auswärts bei ihrer kranken Mutter aufhielt und der ausgehandelte Benutzertarif in Höhe von 8 Euro ihm akzeptabel erschien, willigte er nach kurzem Zögern ein. Die frisch Verliebten begaben sich sodann in eine dunkle Gasse, um die vertraglich festgelegten Zärtlichkeiten auszutauschen. Die Vertragspartnerin verlangte charmant lächelnd Vorkasse.

Als Till nicht nur freudentrunken seine Geldbörse zückte, verpasste ihm die eben noch so freundliche Fee einen krachenden Schwinger auf sein rechtes Auge, entwand ihm mit stahlharter Hand sein Portemonnaie und enteilte mit einem beachtlichen Sprint wie weiland Evelyn Ashford im Hundertmeterfinale von Los Angeles.

Till begann, nachdem er wohlweislich von einer Verfolgung Abstand genommen hatte, mit schriller Stimme Hilfe anzufordern. Die erschien überraschend prompt in Gestalt zweier zufällig des Weges daher kommenden Streifenpolizisten. Nach Darlegung des Sachverhaltens durch Till mit unrund laufender Zunge, wurde eine Nahbereichsfahndung eingeleitet, die kurze Zeit später zum Erfolg führte.
Dabei stellte sich zur Überraschung aller, mithin auch Tills, heraus, dass die Übeltäterin tatsächlich männlichen Geschlechts war, was Till, der als Zeuge die treuen Beamten zum Revier begleitete, keineswegs aus der Fassung brachte. Nach Fertigung eines Lichtbildes vom Opfer, das zugegebenermaßen einen arg lädierten Eindruck machte, was aber nicht auf die Wucht des erlittenen Hiebes zurückgeführt werden kann, bestand Till sehr leichtfertig auf der Entnahme einer Blutprobe, damit, so seine Originalaussage, später nicht Hinz und Kunz behaupten können, der Kerl, womit er zweifelsfrei sich meinte, sei wieder mal besoffen gewesen.
Hier irrte der Richter. Die Blutprobe ergab beachtliche 2,3 Promille.
Der Delinquent wurde wegen vorsätzlichen heimtückischen Angriffs auf eine Stütze der Gesellschaft mit einer Freiheitsstrafe von 2 Jahren und 6 Monaten belegt, die er nach erfolgter Geschlechtsumwandlung im Frauengefängnis von Dreistiegen verbüßen durfte.
Gangolf war nach der Lektüre des Vorganges tief erschüttert. Hier war einer der Anständigen in die skrupellosen Hände einer

Verbrecherin gefallen. Wo würde das noch hinführen, wenn noch nicht einmal die Besten verschont blieben?
Bang stellte er sich die Frage, ob die Vorsehung auch ein Opferschicksal für ihn bereithalten würde.
Gangolf, der wie ein von ihm geschätzter großer Österreicher (nicht Peter Alexander, auch nicht Toni Innauer) fest an das Wirken der Vorsehung glaubte, war voll düsterer Vorahnungen, wenn er an die Zukunft, speziell die eigene, dachte.
Nachdem sein Blick auf die Rotweinflecken gefallen war, kam ihm wieder die causa Grau in Erinnerung. Missmutig griff er zum Telefon und zitierte den Sünder herbei. Grau kam gleich, wobei die Gesichtsfarbe darauf schließen ließ, dass er wusste, aus welchem Grund die Vorladung erfolgte.
Betont friedfertig erklärte Gangolf, dass sich Ähre über ihn beschwert hätte und um ihm eine goldene Brücke zu bauen, versicherte er im selben Atemzug, er könne sich nicht vorstellen, dass die in Rede stehenden Äußerungen tatsächlich getätigt worden seien. Grau, der ansonsten etwas begriffsstutzig war, erkannte, welch ein Ausweg ihm hier gelassen wurde. Er setzte eine Unschuldsmiene auf, die sich gewaschen hatte und leierte etwas von Missverständnissen und Hörfehlern, die sich womöglich eingeschlichen hätten. Im Übrigen schätze und verehre er Ähre viel zu sehr, als dass er diesen beleidigen wollte.
Erleichtert nahm Gangolf zur Kenntnis, dass auch Grau an einer friedlichen Lösung des Konflikts gelegen war.
Herzlich bat er Grau, diese Erklärung auch Ähre gegenüber abzugeben und er selbst werde die Reinigung der Akte durch ein

Reinigungsunternehmen in Auftrag geben. Nachdem Grau dies zusagte, lud er ihn spontan zu Kannes kleiner Feier ein.
Jetzt war Gangolf sehr stolz auf sich. Er hatte wieder einmal sein Genie aufblitzen lassen und kam zu dem Schluss, dass Napoleon mit ihm an seiner Seite nie sein Waterloo erlebt hätte. Dann wurde ihm das Absurde seines Gedankenganges bewusst. Überheblich lächelnd musste er zugeben, dass Napoleon nicht über die Rolle eines Provinzhauptmannes herausgekommen wäre, wenn er zu dessen Lebzeiten hätte agieren dürfen. In diesem Fall hätte die Welt nur ihn, Gangolf den Großen, gekannt.
Weiter sinnierend kam er zu dem Ergebnis, dass es in der heutigen Zeit viel schwerer sei zu reüssieren als damals.
Wenn man es richtig bedachte, hatte er mehr geleistet als alle Großen der Historie.
Er hatte sich aus den Niederungen des Angestelltendaseins zu den nun erreichten Gipfeln emporgeschwungen. Das sollte ihm ein Napoleon erst einmal nachmachen.

16.

Ein Klopfen an der Tür riss ihn aus seinen Träumen.
Edeltrud Kramny, eine weitere Mitarbeiterin der Verwaltungsabteilung, betrat ohne eine Aufforderung abzuwarten sein Büro. Sie war eine ansehnliche Person mittleren Alters, die tapfer versuchte, dem gehorteten Hüftspeck mit

Trimm-Dich Aktionen zu Leibe zu rücken. Der dabei erzielte Erfolg fiel allerdings nicht ins Gewicht.

Auch sie war eine typische Vertreterin der Behörde und einem guten alkoholischen Schluck niemals abgeneigt. Hatte sie bei einer der vielen sich bietenden Gelegenheiten ausnahmsweise über den Durst getrunken, so wurde sie gramerfüllt ob ihres Fehlverhaltens und tat Buße durch Selbstbezichtigungen, die in der Feststellung gipfelten, es sei so furchtbar, dass sie wieder einmal zu viel getrunken habe. Eine gewisse Lästigkeit konnte ihr dann nicht abgesprochen werden.

Ansonsten war sie fleißig und überaus zuverlässig mit dem Frauen eigenen Hang zur Schwatzsucht. Da sie fürchtete, bei den Behördenoberen in Ungnade zu fallen, war sie diesen gegenüber betont liebenswürdig. So kredenzte sie auch nun Gangolf den Kaffee mit dem freundlichsten aller Lächeln. Dieser dankte höflich und wollte noch ein wenig seinen Gedanken nachhängen, als Anja Kamp, geborene Süß, bei ihm erschien. Auch diese betrat mit strahlender Miene sein Büro, was ihm signalisierte, dass eine Wohltat seinerseits gewünscht wurde,

Anja war eine hübsche Frau, die von Mutter Natur verschwenderisch mit Haut und Knochen ausgestattet worden war, während die übrigen Kolleginnen die ihr zugedachten Fettreserven zusätzlich übernommen hatten. Ihr Herz gehörte dem weißen Sport mit dem kleinen gelben Ball, in dessen Beherrschung sie es bereits zu einiger Meisterschaft gebracht hatte, so dass sportlich unbegabte Spötter ihr den Namen Steffi verliehen hatten. Da sie, wie schon angedeutet, körperlich nicht

robust war, musste sie zu ihrem eigenen Bedauern und dem noch größeren der Kollegen in periodisch wiederkehrenden Abständen dem grauen Dienstalltag infolge spontan auftretender Erkrankung fernbleiben.
Uninformierte und gehässige Kollegen, die an diesen Tagen Anjas Arbeit mit erledigen durften, erhoben hinter vorgehaltener Hand den schweren Vorwurf des Blaumachens. Das tangierte Anja, um einen landläufigen Ausdruck zu strapazieren, aber nur peripher, denn sie war von forscher und zupackender Art.
Anja teilte ihr Zimmer mit Inge Tessin, was diese als Heimsuchung verstand, die sie nicht verdient hatte. Anja geruhte nämlich, das gemeinsame Diensttelefon stundenlang für Privatgespräche zu missbrauchen. Es erschienen auch rudelweise männliche Mitarbeiter, um sich in Anjas Gnadensonne zu wärmen. Das nahm Inge sehr übel, zumal Männer, die noch nicht über einen weißen Stock und einen Hund verfügten, der ihnen zubellte, wo es langging, davon Abstand nahmen, Inges Anblick länger als unbedingt nötig zu genießen. Inges tägliche gehässigen Bemerkungen prallten an Anja ab wie ein Gummiball an einer Hauswand. So musste sich Inge Luft verschaffen, indem sie bei Kolleginnen, die ihr nicht nur im Aussehen ähnelten, bewegte Klage über Anjas mangelnden Diensteifer, ihre Unpünktlichkeit und ihre vielen Wehwehchen führte. An erster Stelle verdient hier wieder Hobels Annegret, unsere Wammelie, genannt zu werden.

Anja eröffnete unterdessen mit kindlich schmelzender Stimme die Unterhaltung mit Gangolf. Sie erzählte ihm, dass sie und ihr Angetrauter derzeit mit der Planung und Errichtung eines Eigenheimes beschäftigt seien. Dadurch bedingt wären viele Besprechungen und Termine mit Handwerkern wahrzunehmen, wobei es oft vorkomme, dass sie schnell aus dem Dienst enteilen müsse, um urplötzlich vereinbarte Absprachen auch einhalten zu können. Da wolle sie einfach mal fragen, ob es ihr ermöglicht würde, in solchen Fällen ohne weitere Rücksprachemit dem Herrn Geschäftsleiter das Weite suchen zu dürfen.

Gangolf, der viel Verständnis für Anjas Verhalten aufzubringen vermochte, da er selbst in immer kürzer werdenden Abständen den Dienst zur Erledigung dringender und unaufschiebbarer Gartenarbeiten verließ, erteilte galant, wie er nun wirklich nicht bei jeder war, eine Art Generalvollmacht zum unabgemeldeten Verschwinden aus den dienstlichen Gefilden.

Anja verließ nach Gangolfs Zusage diesen mit einem glücklichen Lächeln auf ihrem Kleinmädchengesicht, begab sich in ihr Zimmer, erzählte Inge von Gangolfs Erlaubnis und ließ diese damit in eine sehr heftige Depression verfallen, die zum Bedauern der Kollegen nur von kurzer Dauer war.

Ein männlicher Bediensteter, der ein ähnliches Ansinnen eine Woche vorher an Gangolf gerichtet hatte, war mit dem unerbittlichen Hinweis, dass Dienst Dienst und Schnaps Schnaps sei, lautstark des Zimmers verwiesen worden. Gangolf wog exakt wie die vollkommen erblindete, taube und ihres Großhirns beraubte Dame Justitia alle Umstände ohne Hintanstellung persönlicher Neigungen ab und entschied dann völlig selbstgerecht.

17.

Nachdem er heute wieder so viel Gutes getan hatte, fand er es an der Zeit, den Dienst für den Rest des Tages ruhen zu lassen und sich fürderhin Entspannung zu gönnen.
Er stolzierte sodann, Gelassenheit und Überlegenheit demonstrierend, zu Bachinger und Hohn, verkündete dort, dass er sich auf unabsehbare Zeit dienstlich zu Kanne begeben werde und setzte sich zu diesem in Marsch.
Im Zimmer Kannes hatten sich schon etliche Feierwillige eingefunden, darunter auch der von Gangolf nicht angetroffene König, der mittlerweile von Kanne informiert worden war. Als Gangolf zu König hintrat, witterte er von ferne dessen alkoholschwangeren Odem. Das ließ Wellen des Glücks durch seinen massigen Körper laufen.
Dienstbeflissen reichte König ihm ein eisgekühltes Bier und prostete ihm zu. König wirkte mit seinen silbergrauen Haaren, seinen zweifellos vorhandenen guten Manieren sowie seiner dialektfreien Artikulation wie der Prototyp eines ehrbaren Generaldirektors.
Vornehm und zurückhaltend ließ er nur beim Konsum von flüssigen Betäubungsmitteln keinerlei Bescheidenheit erkennen. Ansonsten maulfaul, wurde er mit jeder genossenen Flasche Bier immer gesprächiger.

Bevor er die gehobene Justizlaufbahn zum Hauptbroterwerb erhoben hatte, war er als Chemiestudent in Erscheinung getreten und hatte sich bei der Zerstörung eines Labors erste Sporen verdient. Nachdem diverse Universitäten nichts mehr mit ihm zu tun haben wollten, widmete er sich der Flohdressur, versuchte sich als hauptamtlicher Blutspender, Animateur auf der Reeperbahn und Bierkutscher. Keine der ausgeübten Betätigungen wollte so recht mit seinen Begabungen harmonieren, so dass er schließlich bei Mama Justiz ein regelmäßiges Einkommen fand, getreu dem justiziellen Leitmotiv: Klopfet, so wird euch aufgetan.

Seine glanzvolle Laufbahn wurde mit der Beförderung zum Justizamtmann gekrönt.

Gleichzeitig wurde ihm die Leitung des Behördenselbstschutzes anvertraut. Legendär war seine Leistungsbereitschaft bei Hochwassereinsätzen, wenn Teile des Gebäudes in Mitleidenschaft gezogen waren. Die bereits beschriebene Nähe der Syl sorgte für regelmäßige Trainingseinheiten.

Gekleidet in Uniformteile der ruhmreichen Bundeswehr und bewaffnet mit Pumpen und Schläuchen demonstrierte er wahre Führerqualitäten. Das ständige Rattern der Hochwasserpumpen sowie das Einteilen der Freiwilligen, nebst der Tatsache, nun sein eigner Herr zu sein, ließ Energien in ihm freiwerden, die ihm ansonsten kein Mensch zugetraut hätte.

Unmengen Bier trinkend war er buchstäblich Tag und Nacht im Einsatz und regelmäßig furchtbar deprimiert, wenn das Hochwasser besiegt war und er wieder einem tristen Büroalltag frönen musste. Ungemach war allerdings an diesen herrlichen Überflutungstagen unvermeidbar, so zum Beispiel, als der in einer Rettungsstaffel eingeteilte Koller sich bei einem Telefonanruf um 4 Uhr in der Neujahrsnacht weigerte, seinen Pumpdienst anzutreten, und das mit der fadenscheinigen Begründung, er sei total betrunken und könne nun kein Auto mehr fahren. Und obwohl er seinem alten Kumpel mit der sofortigen Einberufung eines Standgerichts drohte, grölte Koller nur schmutzige Lieder ins Telefon und ließ sich nicht erweichen. Für König war solch ein Verhalten unverständlich. Lebte er denn nicht täglich vor, dass Bier trinken und Auto fahren vollkommen gleichberechtigt nebeneinander existieren konnten? Königs Vorhaltungen waren aus seiner Sicht absolut logisch, denn mit dem Alkoholpegel stieg auch Königs Fahrvermögen, so dass wohlmeinende und auf ihre persönliche Sicherheit bedachte Mitfahrer nur zu ihm in den Wagen stiegen, wenn seine Blutalkoholkonzentration deutlich über einer Promille lag. Andernfalls erschien ihnen das Mitfahren als zu gefährlich. Koller erschien zu fortgeschrittener Neujahrsmorgenstunde dann doch noch zum Hochwasserdienst und überreichte dem gerührten König als Geste der Versöhnung einen Kasten Bier. Da Koller nunmehr am eigenen Leib erfahren musste, dass die Bereitschaft, ein Ehrenamt zu übernehmen, unter widrigen Umständen mit Arbeit und unnötiger Belastung verbunden sein konnte, zog er folgerichtig die Konsequenzen und nahm seinen Abschied aus der Selbstschutzstaffel, körperliche Gebrechen vortäuschend und ein Attest einreichend.

Dieser Einsatz am Neujahrstage wurde auch für einen anderen Individualisten zu einem einschneidenden und beinahe existenzgefährdenden Abenteuer. Die Rede ist von Kuni Maurer. Dieser war in jenen Tagen Stellvertreter des Geschäftsleiters und in dieser quasi amtlichen Eigenschaft stattete er seinen im Einsatz befindlichen Mannen einen Besuch ab. König, der ausgelassen und angetrunken am Werk war, bat Kuni um eine kleine Lebensmittelspende. Damit war ausnahmsweise tatsächlich Essbares gemeint, da Flüssignahrung in Hülle und Fülle zur Verfügung stand. Kuni stimmte spontan zu und entnahm der Gemeinschaftskasse einen kleinen Betrag zur Begleichung der Ausgaben für vier Pizzen und eine gleiche Anzahl italienischer Salate, da neben König noch drei weitere Seeteufel im Einsatz waren.

Nach Dienstantritt am darauffolgenden Werktag wurde der damalige Geschäftsleiter, ein gewisser Fridolin Schnapsel, auf den Vorgang aufmerksam und stilisierte diesen mit der ihm eigenen Begabung zu einem brisanten Fall hoch.

Kuni musste schriftlich dazu Stellung nehmen, was ihn dazu veranlasst hatte, Geld aus der Gemeinschaftskasse zu nehmen, ohne eine kompetente Aufsichtsperson, womit Fridolin zweifelsfrei sich meinte, um Erlaubnis zu fragen.

Kuni antwortete mit der Erstellung eines zweibändigen Rechenschaftsberichts, der sich ausgiebig den Ursachen der biblischen Sintflut widmete und vergleichend die größten Hochwasserkatastrophen seit Christi Geburt analysierte. Nachdem er die Grundlagen seiner Apologie recht grob dargelegt hatte, kam er zu dem besagten Dienstvergehen und malte die von ihm zu meisternde Situation in schwärzesten Farben. Die Gischt spritzte und das stetig steigende Wasser blubberte wild und geheimnisvoll. Die Flut drohte alles mitzureißen, während einige wenige Helden sich dem Unheil entgegenstemmten. Es war kalt, dunkel und irgendwie auch nass.

Zu allem Unglück fiel die letzte verbliebene Pumpe aus. Da hatte König den rettenden Einfall und er befahl ohne schuldhaftes Zögern: Mützen ab. Und dank dieses Geniestreiches konnten die glorreichen Vier den Keller leerschöpfen. Frierend, zitternd und mit klammen Gliedern verlangten die Heroen nach ein bisschen Pflege und Humanität. Das spürte Kuni und gab die unselige Bestellung auf. Er räumte allerdings ein, dass die vier italienischen Salate wohl doch des Guten zu viel gewesen seien. Er ersuchte um wohlwollende Beurteilung seiner Verfehlung. Diese wurde ihm auch zuteil. Er wurde nur degradiert, erhielt eine halbjährliche Gehaltskürzung, einen Eintrag in die Personalakte und musste den der Gemeinschaftskasse entnommenen Betrag mit 20 Prozent Zinsen zurückzahlen. Kuni nahm sich dennoch ganz fest vor, auch weiterhin ein guter Mensch zu bleiben.

König war als großer Liebhaber von billig importierten ausländischen Geländewagen bekannt, in denen sich sein Abenteurer- und Entdeckergeist manifestierte. Nach seinem ersten Fahrzeug, einem slowakischen Vorderlada, hatte er sich einen preiswerteren japanischen Wagen der Marke Sepuko angeschafft. Um die Fähigkeiten dieses Modells eindrucksvoll unter Beweis zu stellen, fuhr er unglücklicherweise mit dem Neuwagen auf den unter Wasser stehenden Parkplatz der Behörde.

Diese Prozedur war seinem Fahrzeug aber nicht bekommen, da ihm die erforderlichen Eigenschaften eines Unterseebootes ermangelten. So musste das ehedem neuwertige Gefährt unter schadenfrohem Gelächter der zahlreich erschienenen Gaffer von der Feuerwehr geborgen werden.

Im Umgang mit dienstgradmäßig über ihm thronenden Personen war König eminent vorsichtig. Das bewirkte der ihm innewohnende Selbsterhaltungstrieb, zumal seine dienstlichen Leistungen allenfalls unterdurchschnittlich waren und bei Vorgesetzten, die über ein Minimum an beruflicher Kompetenz verfügt hätten, zu einer Vielzahl von Disziplinarverfahren geführt haben würden.

Er erschien regelmäßig morgens um 7 Uhr und führte einen sehr schönen Aktenkoffer mit sich. Dieser enthielt seine Halbtagesration. Gleich nach Dienstantritt gönnte er sich die ersten beiden Flaschen Bier zur Behebung der allmorgendlichen Kreislaufinsuffizienz und um die Gegenwart der ungehobelten Annegret besser ertragen zu können. Im Laufe des Vormittags schlich er in eine nahegelegene Kneipe, um sich dort ein wenig zu stärken.

In der Mittagspause konnte man ihn in einer anderen Gastwirtschaft antreffen, um dort ein wenig Speis und erheblich mehr Trank aufzunehmen. Anschließend traf er auf der

Dienststelle mit frisch gefülltem Aktenkoffer zwecks Vollendung des Tagwerkes ein.

Die Qualität der abgelieferten Arbeit ließ, und das vermochte nun wirklich niemanden zu überraschen, in aller Regel mehr als nur ein wenig zu wünschen übrig. Da dies aber keinen außer denen interessierte, die mit ständigen Reparaturversuchen beschäftigt waren, konnte er diesem Lebensstil ganzjährig nachgehen.

18.

Gangolf versuchte zu orten, wer sich noch eingefunden hatte. Er bemerkte, dass Kuni damit beschäftigt war, wild auf Scheibe einzureden und der einen abgeschlafften Eindruck machte. Kuni erläuterte gerade die Problematik der Gebärmutterentfernung und die Auswirkungen dieses medizinischen Eingriffes auf das Sexualverhalten des Ehepartners.

Scheibe, der den Monolog inhaltlich eher ahnte als verstand, wurde zu allem Übel, das in Form von Kuni über ihn gekommen war, auch noch von Koller in unverschämtester Weise bedrängt. Der schlug ihm in unregelmäßigen Abständen auf sein edles Haupt und krähte dabei jedes Mal „Glatzkopf".

In dieser Atmosphäre blühte Gangolf auf. Das war sein Reich und das waren seine Jungs.

Die Tür öffnete sich und herein kam Fridolin Klever zusammen mit Bodo Brauer. Fridolin war der geschäftsleitende Beamte der

Generalstaatsanwaltschaft. Er war ein schmächtiger kleiner Mann mit scharfem Verstand und noch schärferer Zunge. Seine Tätigkeit unterforderte ihn gewaltig, so dass er viel Freizeit hatte, die er gut nutzte, indem er seine Kenntnisse im Mensch- Ärger-Dich- nicht Spiel vervollkommnete und es so in dieser Sportart zu unerreichter Meisterschaft brachte.
Es war ihm gelungen, niemals den Führerschein machen zu müssen, so dass sein geliebtes Eheweib Rosi alle notwendigen Besorgungen tätigen durfte. Das umfasste auch das Tragen und den Transport der wöchentlich anfallenden Bierkästen.
Fridolin hatte sich auch seit Beginn der aus seiner Sicht mustergültigen Ehe erfolgreich geweigert, irgendwelche manuellen Tätigkeiten zu verrichten. So war es Rosi im Laufe der Jahrzehnte zur lieben Gewohnheit geworden, alle Maler- und Zimmermannsarbeiten selbstständig durchzuführen. Das wiederum erklärte, warum Fridolin alle Häusle bauenden und heimwerkenden Kollegen für verrückt hielt. Er lebte doch vor, wie es auch ging.
Fridolin hatte sich vor seiner Beförderung zum geschäftsleitenden Beamten der Generalstaatsanwaltschaft viele lange Jahre auf der Ermittlungsbehörde geplagt. Sein mit einer Beförderung verbundener Wechsel zur Oberbehörde bedeutete, dass er für erheblich mehr Geld nunmehr viel weniger arbeiten musste. Dieses Prinzip steht allerdings für das gesamte Schema im öffentlichen Dienst.

Je höher ein Betroffener auf der Karriereleiter geklettert ist, um so weniger glaubt er tun zu müssen. Das ganze System nennt der Fachmann Leistungsprinzip.

Ein Paradebeispiel für diese Logik war Fridolins Chef, Urnfried Gorbar. Der hatte eine Statur, die es ihm erlaubt hätte, in jedem neuen Stück der Augsburger Puppenkiste maßstabsgetreu als Gaststar aufzutreten.

Ebenso bescheiden war auch sein Denkgehäuse eingerichtet, das im umgekehrt proportionalem Verhältnis zur Größe seines Kaugeheges stand. Das war möglicherweise auf die bei so vielen Zwergen zu beobachtenden Minderwertigkeitskomplexe, die in seinem Fall aber völlig zu Recht bestanden, zurückzuführen.

Den Job, den er nun auszufüllen versuchte, hatte er den Landesregierigen zu verdanken. Er hatte, ebenso wie Ähre, seine Leber der Partei geweiht.

Aufgrund der Vorsorge seines lieben Papas, der die Entwicklung seines Sorgenkindes mit tiefem Misstrauen überwachte, war er beizeiten in die Kindergartenorganisation „Der rote Laufstall" eingeliefert worden. Dort wurde er auf das Schulungsinstitut für Fortgeschrittene, die „Pissnelke", ideologisch in Form gebracht und anschließend auch als vollwertiges Mitglied integriert. Hier konnte er seinen angeborenen internationalen proletarischen Neigungen freien Lauf lassen, so dass die Parteioberen sehr früh auf den zu so großen Hoffnungen Anlass Gebenden aufmerksam wurden, was aber nicht zuletzt auch auf Papas exzessive Parteispenden zurückgeführt werden kann.

Er wurde mithin bereits in jungen Jahren für spätere Führungsaufgaben in irgendeinem der roten Mehrheit noch zu unterwerfenden Bundesland vorgemerkt.
Nach Zwischenstationen beim kommunalen Abwasserverband, der städtischen Müllabfuhr und einem zwielichtigen Gebäudereinigungsunternehmen, in dem der Landesvater Osram Lacoste die Aktienmehrheit hielt, hatte man ihm zum Ende seiner so glanzvollen Laufbahn mit dem Posten des Generalstaatsanwaltes betraut. Dort konnte er nach der Meinung von um das Ansehen der Justiz besorgten Verantwortlichen garantiert keinen Schaden anrichten.
Gorbar erfüllte die in ihn gesetzten Hoffnungen voll und ganz. Nachdem er Punkt 11Uhr den Dienst angetreten hatte, wollte er zuerst einmal in aller Ruhe frühstücken. Dann spielte er mit Klever eine Runde Halma. Anschließend las ihm seine Sekretärin, die er sich aus Kostenersparnisgründen mit Klever teilen musste, ein wenig aus der Zeitung vor, bis er endlich eingeschlafen war.
Sobald er aufgewacht war, trank er die für ihn bereitgehaltene Flasche eisgekühlten Bieres und trollte sich sodann mit der fadenscheinigen Behauptung, er müsse sich nun von den Mühen des Tages erholen.
Gorbar war wieder zu Hause, so dass Fridolin sicher sein konnte, heute nicht mehr mit ihm Halma spielen zu müssen und Zeit für ein gemütliches Zusammensein erübrigen zu können.
Klever war ein großer Liebhaber von eiskalten klaren Schnäpsen. Dieses Leib- und Magengetränk vermochte ihn in die

angenehmsten Stimmungen zu versetzen, so dass er in jenem Zustand zu absoluter Hochform auflief und ihm missliebige Personen auf uncharmanteste Weise durch den Kakao zog. Von dieser Form war er noch etwas entfernt, da er sich zuerst warmtrinken musste.

19.

Der mit ihm erschienene Bodo Brauer war ein weiteres herausragendes Exemplar unserer einzigartigen Behörde. Groß und kräftig, den Kampf gegen den Bierbauch hatte er nie aufgenommen, sondern sich sofort ergeben, war sein Markenzeichen eine Art der Fortbewegung, die ins Rückwärtsgehen umgeschlagen wäre, wenn er sich nur noch eine Winzigkeit langsamer bewegt hätte.
Da er ebenfalls aktiver Altherrenfußballspieler zu sein vorgab, hatte er unter den Gehässigkeiten seiner sogenannten Sportskameraden bitter zu leiden. Die Gemeinheit wurde gekrönt, als ihm nach einer verletzungsbedingten Auswechslung vorgehalten worden war, er habe sich eine Muskelzerrung „gestanden", denn keiner hätte ihn auch nur einen Schritt laufen sehen.
Seit diesem abgefeimten Witz auf seine Kosten lehnte er es beharrlich ab, wieder die viel zu engen Shorts überzustreifen und sein gebeuteltes Team durch seine spielerische Präsenz zu verstärken. Er gab seit jener Schmach vor, auf Dauer und für immer verletzt zu sein, womit er sich nicht auf die seelischen

Wunden bezog, sondern seine infolge Übergewicht, das erwähnte er selbstverständlich nicht, lädierten Knie anführte.

Bauer selbst hänselte gerne Klever, indem er ihm vorhielt, er könne keine 100 Meter laufen, ohne hinzufallen, während er Koller den wenig gut gemeinten Ratschlag erteilte, es doch mal bei den Sumo Ringern zu versuchen, das sei ganz einfach. Er müsse nur abnehmen. Die wechselseitig ausgetauschten Gehässigkeiten führten keineswegs zu atmosphärischen Irritationen unter der Trinkergemeinschaft, sondern sie gehörten zu dem von ihnen seit Jahrzehnten gepflegten guten Ton.

Beim Kampf gegen feindselig gesonnene Dritte standen sie automatisch Schulter an Schulter zur gemeinsamen Gefahrenabwehr.

Bodos große Leidenschaft war allerdings das Radfahren, womit nicht in erster Linie sein dienstliches Verhalten beschrieben sein soll, sondern die Tatsache, dass er in der wärmeren Jahreszeit mit dem Drahtesel von seiner Heimstatt zur Behörde und zurück strampelte.

Gehüllt in hautenge knallgelbe Radlerhosen und ein ebensolches Trikot, das zu allem Überfluss seine Figur noch überbetonte und beschirmt von einem gleichfarbenen Käppi, erregte er Aufsehen, wo immer er auch entlang radelte. Dadurch verdiente er sich seinen Kampfnamen Didi", womit auf Dietrich Thurau abgestellt wurde, der in den 70-iger Jahren aufgrund seiner Erfolge bei der Tour de France ein einig Volk von Radfahrern aus der Taufe gehoben hatte.

Diesen ehrenvollen Spitznamen trug er voller Stolz und er war verdient, da er beim Radeln eine Eleganz versprühte, die man beim Gehen vergebens bei ihm suchte.

Gelegentlich gab er sich zu exzessiv den Freuden des Alkoholtrinkens hin und das führte regelmäßig zu mittelschweren Störungen im Bereich der Artikulationsfähigkeit. Dann war er seinem alten Freund Kuni überaus ähnlich, der aber bereits im nüchternen Zustand nicht zu verstehen war.

Bodo war auch immer für mehr oder weniger geschmackvolle Scherze zu haben, wobei er besonders gerne mit dem so vielfältig verwendbaren Naturstoff Käse experimentierte.

Er hatte anlässlich einer Feier im Zimmer Gangolfs einen Harzer Roller hinter dem Heizkörper deponiert, was zu erheblichen Geruchsbelästigungen und nach lang anhaltenden Fahndungsmaßnahmen zur Identifizierung des Stinkers geführt hatte.

Bodo hatte sich aus reinem Selbsterhaltungstrieb nie zu dieser Schandtat bekannt, da dies bei Gangolfs offensichtlicher Rachsucht zu herben Vergeltungsschlägen geführt hätte.

Auch bei seinem Spezi Kuni war es ihm gelungen, erstaunliche Resultate zu erzielen. Er platzierte geschickt modellierte Seifestückchen zwischen appetitliche Käsehäppchen.

Kuni bekam ein solches Plagiat zuerst in die Finger und dann in den Mund, was zu dem Ergebnis führte, dass selbiger zu schäumen begann, aber nicht nur vor sicher gerechtfertigter Zorneswallung. Der heimtückische Anschlag galt der Allgemeinheit und nicht speziell Maurer. Der bezog dieses

Bubenstück ausschließlich auf sich und wähnte, die anwesende Anja Süß als Urheberin des Attentats ausgemacht haben zu dürfen, was einen sofortigen Gegenschlag auslöste, indem er der arg- und schuldlosen Anja ein Glas Orangensaft, so etwas wurde auf den Festen zwar angeboten, aber in der Regel nicht getrunken, in den nicht allzu üppigen Ausschnitt goss. Das sich daran anschließende Handgemenge sah keinen eindeutigen Sieger.
Kuni erklärte sich aber zum moralischen Winner und sah seine verletzte Ehre schlagartig wieder hergestellt. Selbst als viele Jahre später, Verjährung auch im strafrechtlichen Sinn war längst eingetreten, Bodo seine Verfehlung beichtete, weigerte sich Kuni, das zur Kenntnis zu nehmen und artikulierte gewohnt unverständlich, dass er Bodos ritterliche Geste zu würdigen wisse, aber er genau im Bilde sei, dass die heimtückische Anja die Käseattrappenlegerin gewesen war. Im Übrigen sei es völlig ausgeschlossen, dass er jenen geschmacklosen Scherz verübt habe, da er sein Freund sei und somit zu solch einem Verbrechen nimmer in der Lage.

20.

Gangolf ahnte, nein er wusste jetzt schon, dass dies ein besonders gelungener Arbeitstag werden würde. Er stand ganz dicht bei seinem Kasten Karlsberg Bier und rechnete aus, dass er allein gut und gerne 2 Stunden daran verweilen konnte. Dann müsste Nachschub her. Seine Augen strahlten wie zwei 150 Watt Birnen.

Mittlerweile lief Kanne zu großer Form auf. Er hatte sich kontinuierlich mittels der von ihm selbst gesponserten Bierration in eine gehobene Stimmung versetzt. So hub er, der erst kürzlich von einem Spanienurlaub heimgekommen war, an, von Espana und den dort wohnhaften sehr netten Leuten zu erzählen. Jeder der Anwesenden hatte diesen Sermon bereits etliche Male über sich ergehen lassen müssen, aber es blieb ihnen nichts anderes übrig, als die wohlwollenden Zuhörer zu mimen, da Ferdi schließlich ihr großzügiger Gastgeber war.

Nachdem er von Sonne, Wind und Meer sowie dem köstlichen Essen und dem noch köstlicheren Wein geschwärmt hatte, tanzte er etwas vor, was von ihm als Flamenco bezeichnet wurde und in der dargebotenen Form als Uraufführung zu werten war, und heischte in die staunende Runde, ob er nicht ein stolzer Hahn sei. Anschließend ging er zu seinem Schreibtisch und ergriff ein dort deponiertes Klappmesser, öffnete den Wandschrank und entnahm dem eine alte verblichene Wolldecke und einen Strohhut.

Letzteren stülpte er über sein Denkgehäuse, wenn sein Großhirnruheraum dermaßen euphemistisch benannt werden darf, und schrie: „Komm Torro", während er Maurer Kuni feindselig anstarrte. Doch Kuni hatte allen Grund, dieser Aufforderung nicht nachzukommen, da er befürchten musste, und das bei Kannes derzeitiger Verfassung wohl zu Recht, dass der ihn nicht nur mit dem Messer stechen, sondern ihm auch möglicherweise wertvolle Körperteile amputieren wollte. Denn beide kannten sich zu lange und zu gut, um sich wohlgesonnen zu sein.

Kanne bezeichnete Maurer in Stunden der Muße als Streber und Schleimer, während der in Kanne einen Säufer und Hurensohn sah, wobei hier der Neid auf Kannes Art der Selbstverwirklichung eine nicht geringe Rolle spielte.

Kuni sprudelte wie eine gesprengte Ölquelle total abstrakte Wortgebilde, wobei die Angst, die aus ihm sprach, ihn hörbar beflügelte. Bodo übersetzte und erklärte, dass Kuni Kanne einen paranoiden Psychopathen nannte, der demnächst sicher in einer geschlossenen Anstalt verwahrt würde. Darauf forderte Ferdi ihn gehässig auf, doch selbst den Stier zu mimen und anzugreifen, während er wild mit dem Klappmesser in der Luft herumfuchtelte. Bevor Bodo eine Erwiderung geben konnte, wurde die Tür geöffnet und mit freundlichem Gruß betrat Hubertus Rachowitz die Bühne. Er brach in schallendes Gelächter aus, nachdem er Kannes Aufmachung verinnerlicht hatte, trat auf ihn zu, verabreichte ihm einen leichten Klaps auf die Wange, nahm ihm das Messerchen ab und eilte zum Bierkasten, um sich zu verproviantieren.

Damit war der Bann gebrochen und die Männer konnten das tun, weswegen sie hergekommen waren, nämlich trinken bis zum abwinken.

Rachowitz durfte sich als alter Kumpel Kannes die soeben demonstrierte Vertraulichkeit leisten. Er war viel jünger als dieser und in früheren Zeiten ein hoffnungsvoller Apostel des begnadeten Meistertrinkers gewesen. Bereits auf den ersten

Blick war ihm die nie überwundene Zeit der Blumenkinder anzusehen. Sein wehender ergrauter schulterlanger Skalp und seine lustigen Augen verkündeten die immer gültige Botschaft von love, peace und steter Genussbereitschaft. Intelligent, zuvorkommend und immer hilfsbereit, neigte er nach Einnahme größerer Mengen alkoholischer Getränke zu einem sehr lebhaften Verhalten. Dann überkam es ihn zuweilen und er musste seinem Hang zur gesanglichen Interpretation nachgeben. Er schmetterte dann mit sehr kräftiger Stimme mehrere erbauliche Liedchen und erntete in einer zuweilen phantasielosen Umwelt dafür nicht nur Beifall.

Wegen seines Dranges, das Leben auf die beschriebene Art zu heiligen, waren einige Behördenzecher, zu denen auch Klever und Maurer gehörten, unter Androhung von Gewalt aus einem Lokal in der Landeshauptstadt verwiesen worden, wobei die technische Überlegenheit des Gastwirtes, der eine abgesägte Schrotflinte sein eigen nannte, den Ausschlag für einen geordneten und friedlichen Rückzug gab. Des Weiteren verhängte der unmusikalische Hausherr ein lebenslanges Hausverbot über die Krakeeler. Die dank Hubertus erlittene Schmach wurde diesem nie verziehen. Vor allem Maurer war nicht bereit zu vergessen. Denn das war nicht der einzige Frevel, den Rachowitz ihm angetan hatte. Bei jeder Gelegenheit, ob passend oder nicht, wies Kuni auf die Tatsache hin, dass anlässlich eines Kameradentreffens in seinem Garten sich Hubertus voll des guten Gerstensaftes mit seinem überbreiten

Hinterteil auf den Kamin Maurers gesetzt und diesen durch die ungewohnte Belastung zum Einsturz gebracht hatte.

Außerdem habe Rachowitz widerrechtlich in seinem Tulpenbeet uriniert, was zu einem plötzlichen Tulpentod führte. Was Kuni, der zwar Maurer hieß, aber von diesem Handwerk nicht den geringsten Schimmer hatte, verschwieg, war, dass er, obwohl er Steine übereinandergeschichtet, die ein Kunstwerk namens Kamin darstellen wollten, diese jedoch nicht mit Mörtel verwoben hatte. Und obwohl Rachowitz seine Entgleisungen aufs Äußerste bedauerte, kannte Kuni keine Gnade.

Im Laufe der Jahre wuchsen sich die Mauerschen Erzählungen dahingehend aus, dass Hubertus an jenem dramatischen Abend auch versucht habe, Kunis Schwester Kunigunde, die seit geraumer Zeit keinen Kontakt mehr zu ihrem Bruder pflegte, zu verführen.

Insider brauchten bei Maurers stalinorgelartigen Satzgewittern nur die Worte „Kamin, Kamin, Urin und Rachowitz" zu raten und sie wussten augenblicklich Bescheid. Nichteingeweihte hatten es erheblich schwerer, die Zusammenhänge zu erahnen. Sie mussten sich entweder hilfesuchend an einen Dolmetscher wenden oder der Wortflut ihren Lauf lassen und darauf hoffen, den Ausführungen in einem unbewachten Moment entkommen zu können.

Im Augenblick war Kuni seinem Retter Hubertus aber dankbar und das hielt bestimmt noch 30 Minuten an.

21.

Gangolf mochte Rachowitz nicht, da der im Umgang mit Computern bewandert war und ihm, so fürchtete Gangolf, den Titel eines GröCofaaZ (Größter Computerfachmann aller Zeiten) streitig machte.
Er zeigte diese Animosität, die auch darauf beruhte, dass Dose und Rachowitz befreundet waren, nach außen nicht. So prostete er nun Hubertus zu. Der trank schnell sein Fläschchen aus, fischte mit routiniertem Griff eine neue aus dem Bierkasten und kam zu Gangolf hin. Nach den üblichen belanglosen Präliminarien begann Hubertus von Hunden zu erzählen, wobei er als leuchtendes Beispiel für einen geradezu übermenschlichen Charakter seinen treuen Vierbeiner Teddy anführte. Immer wieder betonte er, dass kein Mensch auf dieser Welt, ausgenommen Dose selbstverständlich, so charakterfest wie dieser Hund sei. Dabei starrte er penetrant herausfordernd in Gangolfs Augen, der nicht umhin konnte, sich angesprochen zu fühlen.
Gangolf, der Hunde mit nahezu gleicher Intensität hasste wie er sonst nur Gertrude nicht mochte, wagte Widerspruch und erklärte, dass ein Hund nur ein Hund sei und weder Auto fahren noch einen Computer bedienen könne. Das könne Gangolf schließlich ebenfalls nicht, erwiderte Hubertus augenzwinkernd und wandte sich Kanne zu, der frustriert auf seinem Stuhl saß.
Gangolf, der bis dahin 5 Bier getrunken hatte, fühlte eine wohlige Wärme in sich aufsteigen. Um das Feuer weiter

anzuheizen, gönnte er sich eine weitere Ration. In just jenem Augenblick polterte es an der Tür und Dose walzte herein. Gangolf ehedem so gutes Feeling verabschiedete sich in Windeseile.

Dose grinste ihn an, strich beinahe zärtlich über sein verbliebenes Haupthaar, um ihm dann holzfällerartig auf die Schulter zu klopfen. Anschließend drohte er ihm neckisch mit einem seiner Bratwurstfinger und steuerte erlebnisorientiert auf den Bierkasten zu.

Die Anwesenden begrüßten den Neuankömmling mit lautem Hallo.

Gangolf, den Doses Auftritt nicht wenig erschreckt hatte, nahm dankbar zur Kenntnis, dass der nicht mehr sauer auf ihn war und verbeugte sich vor ihm, was Dose wohlwollend registrierte. Mit den Worten „Alles klar Alter", trank er Gangolf zu und ging zu Rachowitz, der vorgab, einem Monolog Kannes aufmerksam zu lauschen.

Kanne hatte mittlerweile die Enttäuschung, dass niemand mit ihm Torero spielen wollte überwunden und zu alter Stärke zurückgefunden. Er äußerte sich ungefragt zur mangelnden Leistungsbereitschaft der heutigen Jugend und verwies auf die von ihm täglich erbrachten Kraftanstrengungen, die zu seinem Aufstieg maßgeblich beigetragen hätten. Er habe im Dienst sein Herzblut vergossen, wurde er nicht müde zu betonen. Dose mit seinem Schandmaul konnte sich nicht verkneifen ihm zu erklären, dass er erheblich mehr Rotwein vergossen habe. Diese

Spitze überhörte Kanne souverän und wandte sich einem Thema zu, dass er eindeutig beherrschte. Er hielt einen Kunstvortrag. Die bundesweit bekannten Abstraktionen Didi Meisenkaisers lobte er in den höchsten Tönen, während er an dem handwerklichen Geschick Pablo Picassos so manches auszusetzen hatte. Den zaghaften Einwand von Hubertus, dies sehe er ein wenig anders und wer sei denn Didi Meisenkaiser, schmetterte er mit dem Hinweis ab, Hubertus sei ein unbedarfter Ignorant und solle erst einmal mit demselben Eifer aus dem dargebotenen Kelch der Erkenntnis saugen, wie er das sonst aus seiner Bierflasche tue.

Ob dieser rhetorischen Glanzleistung von ihren Gefühlen übermannt, applaudierten Johannes und Hubertus spontan und lautstark.

Gangolf, der nun meinte, den Leiter der Geschäfte herauskehren zu müssen, ermahnte die beiden Ruhestörer zu etwas mehr Ruhe, da man sich hier nicht auf den Oktoberfest befinde und die fleißigen Mitarbeiter, die nicht eingeladen waren und grollend in ihren Amtsstuben hockten, durch übermäßigen Lärm in ihrer Aufmerksamkeit gestört würden.

Zwischenzeitlich waren noch weitere Gäste erschienen, unter ihnen Schmeichel, Wally und Milram Labello. Wally hatte sich gleich neben ihren Gangolf platziert und himmelte ihn nach seinem kernigen Auftritt schamlos an, während Schmeichel-Gerd nickender Weise sein wirres Haupt betätigte und des Gangolfs Worte somit absegnete.

Labello betrachtete die ganze Szenerie relativ unbeteiligt. Er war ein noch junger Staatsanwalt, der sich durch eine in seiner Laufbahn nur selten zu beobachtende Kompetenz und Leistungsbereitschaft auszeichnete. Klein gewachsen und schwarzhaarig mit Schultern, die halb so breit waren wie ein Geschirrhandtuch, erinnerte er in fataler Weise an einen Intellektuellen. In seiner Gewandung glich er Schmeichels Gerd. Das war aber die einzige Gemeinsamkeit, die beide verband. Labello besaß im Gegensatz zu Schmeichel mehr als nur ein Buch, Schmeichels Lieblingsbuch war das Sparbuch, Labello dagegen nannte eine Bücherei sein eigen.

Während Schmeichel nur stotternd und mit dem Kopf wackelnd in der Lage war, Worte abzusondern, zeichnete sich Labello durch geschliffene Formulierungen aus, die in der Regel auch einen Sinn zu ergeben mochten. Er gehörte auch zu den dünn gesäten Bediensteten, die sich den Luxus einer eigenen Meinung gestatteten. Sein Rückgrat neigte in jenen Tagen bei Widerstand oder dem Anblick von Vorgesetzten noch nicht zu servilen Verbeugungen, wie das bei der Mehrzahl seiner Standeskollegen sonst so üblich ist.

Er hatte bereits des Öfteren seiner bei im Laufe dienstlicher Besprechungen mit Schmeichel auftretenden Erheiterung nach Ausführungen desselben, undiplomatisch wie er nun einmal war, freien und spontanen Lauf gelassen.

Da er politisch eine radikal konservative Position vertrat, war er bei den Landesregierigen nicht gut gelitten und wusste, dass einer Beförderung so gut wie alles im Wege stand. Das hemmte allerdings nie den Fluss seiner politischen Schmähreden, sondern schien im Gegenteil denselben noch zu verstärken. Besonders die Person des Landespapas Osram Lacoste hatte es ihm angetan. Seitdem der in eindeutig zweideutiger Stellung in einem der sylvanischen Häuser, die der sexuellen Entspannung dienen, Labello nannte diese Einrichtungen Puffs, heimlich abgelichtet worden war, entwichen seinem Mund Formulierungen, die deutlich unterhalb der Gürtellinie lagen. Er meinte, nun sei ihm aufgrund des kostspieligen Hobbys von Ossi klar, warum der als frühberenteter Oberbürgermeister von Sylbrücken geradezu auf der Auszahlung einer kleinen monatlichen Rente beharren musste.

Die Erfindung der gesetzlichen Vorschriften, die diese Rente als ordnungsgemäß befanden, müsse sehr mühsam gewesen sein für Leute, die Gesetze ansonsten für eine Ausgeburt Satans und somit für sich als nicht gültig erachteten, dozierte er gern in geselliger Runde.

Ein weiteres Thema nahm in Labellos Dasein einen großen Raum ein. Die philosophische Beschäftigung mit der Frage, warum der Herr über Himmel und Erde ausgerechnet Weiber erschaffen musste.

Ermittler der femininen Art lehnte er als unzumutbar ab. Er wurde nicht müde, vor allem Kolleginnen darauf hinzuweisen, dass ihr einzig legitimer Platz im trauten Heim zu finden sei und zur Präzisierung nannte er das Frauenheim.

Auch Dose, der seinen Worten oft very amused lauschte, stimmte dem M. f. Fa. (Meister für Frauenangelegenheiten) zu, wenn er sich sogenannte weibliche Wesen wie Tessin oder die ungehobelte Annegret in Erinnerung rief.

Labello erachtete alle verheirateten Männer für komplett verrückt und unter dem Pantoffel stehend. Dose hielt diese These in Bezug auf seine eigene geheiligte Person für eine unzulässige Verallgemeinerung und beharrte darauf, glücklich verehelicht zu sein.

Milram hatte aufgrund seiner persönlichen Geschichte aber das Recht auf eine geringschätzige Meinung von dem Geschlecht, das der von der Brunft umnebelte sogenannte Intellekt des Mannes als das schöne bezeichnet.

Denn Milram war das arme Brüderchen einer älteren Schwester und jene hatte ihm in seiner Kindheit übel mitgespielt. Sie zwang ihn, wenn Mama und Papa Labello außer Haus weilten, zum Tragen von rosa Spitzenunterwäsche und hochhackigen Stöckelschuhen. Er musste Papa und Mama mit ihr spielen, wobei sich Edeltraud, so der Name der Bösewichtin, immer die Hosenrolle anmaßte.

Zu seinem Geburtstag schenkte sie ihm Puppen, Handtäschchen oder Schminkköfferchen, aber niemals Pfeil und Bogen oder eine niedliche Handfeuerwaffe, die er aus Gründen der Emanzipation so dringend benötigt hätte.

Edeltraud ihrerseits versuchte mit ihren leicht sadistisch angehauchten Handlungen offenbar zu kompensieren, dass der Klapperstorch nicht lesen konnte und einen Bruder lieferte, obwohl von ihr ausdrücklich ein Schwesterlein in Auftrag gegeben worden war.

Da die alten Labellos von ihrem gesetzlichen Rücktrittsrecht keinen Gebrauch machten, blieb das Balg im Hause und Edeltraud sah sich gezwungen, aus der misslichen Situation das Beste zu machen, was ihr zumindest aus ihrer Sicht auch gelang. Die Labellos wurden zum ersten Mal auf das gespannte Verhältnis der Geschwister aufmerksam, als Milram, der zu jener Zeit überaus fasziniert den Hexenhammer las, einmal einer Hexenverbrennung persönlich beizuwohnen wünschte und zu diesem unguten Zwecke das Bettchen von Edeltraud in Brand zu setzen versuchte. Die durch den Schmorgeruch alarmierten Erzeuger eilten im Sauseschritt herbei und konnten mit dem Inhalt des randvollen Nachtttopfes Schlimmeres verhindern. Seit diesem Vorfall durften beide gemeinsam nur dann in einem Zimmer verweilen, wenn einer der Dompteure zugegen war. Weitere Versuche Milrams, seiner Schwester zu einem schnelleren Abgang von der Wendeltreppe, die zum Speicher führte, zu verhelfen oder ihr das Planschen in der gemütlichen Badewanne mittels elektrischer Geräte aufregender zu gestalten, waren zu Edeltrauds Glück nicht von Erfolg gekrönt.

Aufgrund der geschilderten traumatischen Erlebnisse im zarten Kindesalter wird Milrams Verhalten auf unserer Behörde nur zu verständlich. Er scheute sich auch nicht, einer Kollegin, die ihn in leicht angetrunkenem Zustand anflehte, sie nach Hause zu fahren, zu entgegnen, das würde er, aber nur, wenn sie ihn kniend bitten würde.

Nachdem die Frau seine Forderung erfüllt hatte, versprach er, sie mitzunehmen, allerdings nur im Kofferraum. Darauf ließ sich die düpierte Kollegin nicht ein.

Labello war nun dabei, sich einzutrinken, wobei er seine Grenzen sehr gut kannte und sich völlig darüber im Klaren war, aufgrund seines schwachen Magens der hier versammelten Trinkerelite nicht das Bier reichen zu können. Er nahm die dargebotenen Alkoholmengen nur in homöopathischen Dosen zu sich, um seine Schaltzentrale einsatzfähig zu halten und nicht unter unvermittelt einsetzenden Ausfallerscheinungen leiden zu müssen.

22.

Als nun das Telefon läutete und Kanne abnahm, wurde er gleich darauf starr vor Entsetzen. Dann vermeldete er mit gebrochener Stimme, der für den Pfortendienst zuständige Wachtmeister habe ihn darüber informiert, dass seine Gemahlin im Anmarsch sei. Das war nun wirklich eine schlimme Nachricht und ließ die Anwesenden vor Betroffenheit verstummen. Rasch wurde Kannes Hand, die krampfhaft eine Bierflasche umklammert hielt, mit sanfter Gewalt geöffnet, die Flasche entwunden und ihm eine auf dem Schreibtisch stehende Mineralwasserflasche zu Tarnungszwecken in die Hände gelegt. Kaum war die Prozedur beendet, rauschte auch schon Ferdis schlechtere Hälfte herein. Amalie Kanne, geborene Schlotterbeck, war von Kennern der Szene der Kosename Trümmerlotte verliehen worden.

Mittelgroß und hager, mit einem Gesicht, das so hart war, dass sich ein Diamant im Vergleich damit wie ein rheinhessischer Weichkäse vorgekommen wäre, verströmte sie Erbarmungslosigkeit en gros. Jeder im Raume spürte, dass dieses Weib in der Lage wäre, einen hilflosen Mann, der sich schutzsuchend an sie wenden würde, hemmungslos zu verhauen.

Auf den ersten Blick sah sie nicht gut aus. Auf den zweiten und jeden weiteren verschlimmerte sich der Eindruck. Sie war zweifellos eine Domina, leider nicht im ehrwürdigen altrömischen Wortsinn.

Gelernt hatte sie den ehrenhaften Beruf eines Steinmetzes, was man ihren gewaltigen Unterarmen auch mühelos anzusehen vermochte. Mittlerweile war es ihr auf dem dritten Bildungsweg gelungen, sich als Bildhauerin weiterzuqualifizieren. Sie bezeichnete sich selbst als Künstlerin und fabrizierte kleine geschmacklose Steinaschenbecher.

Das war auch der Grund, warum sich Kanne ihr angetraut hatte. Sie selbst hatte Kanne in ihre lieblose Obhut genommen, weil sie sich nach finanzieller Sicherheit sehnte.

Auf ihr Betreiben wurde ein gar prächtiger Musenhof errichtet, der allein von Kanne finanziert werden musste und der eine derart große monatliche Belastung für diesen bedeutete, dass er dem obersten Dienstherrn seine Mitarbeit bis ins 90. Lebensjahr offeriert hatte, da eine Berentung Kannes und die daraus resultierende Gehaltskürzung eine sofortige Zwangsversteigerung des trauten Heims nach sich gezogen hätte.

Mit Geieraugen musterte sie die Anwesenden und zischte etwas, das wie „Saufbrüder" klang. Dann erkannte sie Schmeichel und fuhr den an, was ihm einfalle, ihrem armen kranken Ehemann den Genuss von Alkohol zu gestatten. Er wisse doch selbst, dass Ferdi aufgrund seines früheren liederlichen Lebenswandels eine kranke Leber kreiert habe und fortgesetzter Alkoholgenuss das Letalitätsrisiko ins Unermessliche steigere.

Schmeichel versicherte verlegen, von dieser prekären gesundheitlichen Situation seines geschätzten Mitarbeiters nichts gewusst zu haben und fragte Kanne vorwurfsvoll, warum er ihn darüber nicht informiert hätte.

Gangolf fühlte sich nun berufen, den Talkmaster zu spielen und Managerqualitäten zu offenbaren. Er wies die gnädige Frau in verbindlichem Altherrenreiterton darauf hin, dass dies eine dienstliche Besprechung sei, in der hochgeheime betriebsspezifische Informationen gehandelt würden und zu denen betriebsfremde Personen und somit auch die Ehepartner von engsten Mitarbeitern keinen Zutritt hätten. Außerdem trinke der von allen geschätzte Ferdi nur Mineralwasser, wie sie ja selbst sähe.

Frau Kanne blieb ob dieses Affronts die Luft weg. Das aber nur für eine Sekunde. Dann imitierte sie aufs Vortrefflichste einen aktiven Vulkan, das heißt, sie brach aus.

Mit sich überschlagender Stimme bezichtigte sie Gangolf der Rädelsführerei und des jahrzehntelangen Alkoholmissbrauchs, was sich im Übrigen mühelos aus seiner Physiognomie erkennen ließe. Sie wisse von Ferdi selbst, dass er der Initiator der sich täglich ereignenden Sauforgien sei. Gangolfs und Ferdis Visagen nahmen umgehend die Farbe von Linnen an, dass mit einer Doppelpackung Dash 3 einer Sonderbehandlung unterworfen worden war.

Labello sagte nun betont gelassen zu der in Lähmung verfallenen Tafelrunde, die Alte habe wohl ein Rad ab und empfahl der geborenen Schlotterbeck, im Laufschritt den Tagungsraum zu verlassen, da er andernfalls gegen sein lebenslang gepflegtes Motto „Du darfst eine Frau nicht schlagen, Du musst sie treten" verstoßen würde. Milrams Gesichtszüge leuchteten bei diesen Worten in derart diabolischer Vorfreude, dass Kannes Weib schwankend wurde und sich zu einem halbwegs geordneten Rückzug durchrang. Mit den prophetischen Wünschen „Dann sauft euch doch alle kaputt, ihr Penner" verließ sie die erleichtert aufatmende Gemeinde, nicht ohne ihrem Ferdi noch einen Blick zu gönnen, der absolut Ungutes verhieß.

Nachdem sie endlich verschwunden war, gab es von allen Seiten Worte ehrlich gemeinten Mitgefühls für Ferdi.

Nur Labello meinte, er trage selbst Schuld an seinem Los, da er es versäumt habe, seine Alte bei Zeiten abzurichten. Er sei zwar dazu in der Lage, aber viel zu intelligent, um sich mit Röcken einzulassen. Der Respekt vor Labellos praktisch veranlagtem Intellekt wuchs bei allen Anwesenden ins Unermessliche.

Gangolf, der nach dem Abzug von Frau Kanne wieder Mut geschöpft hatte, bekräftigte, dass nur eine gelungene Dressur Grundlage für heimische Glücksgefühle sein könne.

Zu Hause sei er der Herr im Ring. Am Anfang seiner Ehe habe er sein Ehegespons gleich kräftig an die Kandare genommen und seither habe Gertrude sechsmal in Folge die Wahl zum Galopper des Jahres gewonnen. Er müsse nur kurz mit der Peitsche winken und schon wisse sie, wo es langgehe. Fast alle bezeugten den von Gangolf so dringlich benötigten Respekt und waren kaum in der Lage, ihrer Bewunderung Ausdruck zu verleihen. Nur Dose verzog mitleidig das Gesicht und applaudierte sarkastisch. Gangolf beschloss für diesen Moment darüber hinwegzusehen, es jedoch gleichzeitig mit großen roten Buchstaben auf Doses bereits beachtlichem Sollkonto zu vermerken.

Als Gangolfs unternehmungsfreudiger Blick auf den Bierkasten fiel, registrierte er sogleich, dass der einer Wiederaufladung bedurfte. So fragte er leicht vorwurfsvoll Gastgeber Kanne, ob der seine lieben Gäste denn verdursten lassen wolle. Kanne, der wusste, dass er sein trautes Eigenheim heute doch nicht mehr aufzusuchen brauchte, da ihm weder auf Klopfen noch auf Bitten und Flehen aufgetan würde, beschloss, der Aufforderung seines Trinkkameraden nachzukommen. Er drückte König das erforderliche Biergeld in die Hand und befahl, zwei Kasten Bier zu besorgen. König, der als zuverlässiger Biertransporteur zu Recht in hohem Ansehen stand, waltete prompt seines Amtes und entschwand.

23.

Die kleine Pause, die unversehens bis zur Anlieferung des Nachschubs eingetreten war, nutzte Gangolf zu einem Abstecher in seine Diensträumlichkeiten. Dort musterte er sich sorgfältig im Spiegel, der über dem Handwaschbecken hing und kam nach längerem Studium seiner selbst zu dem Ergebnis, dass er ein stattlicher Bursche sei und Wally einen guten Fang mit ihm gemacht habe. Sodann stolzierte er zu seinem Schreibtisch, öffnete eine Schublade und entnahm dieser ein Mundwasser der Marke „Geh aufs Ganze". Dank dieses Zauberwassers konnte er soviel trinken wie er wollte und keiner konnte etwas Alkoholisches an ihm riechen. Daran glaubte er unerschütterlich.

Da er keinen Kontakt zum Fußvolk pflegte, war er natürlich nicht darüber informiert, dass die meisten seiner Herde ihn heimlich mit Ausdrücken wie wandelndes Bierfass oder gar Trunkenbold belegten. Untergrundkämpfer mit Abitur und großem Latinum nannten ihn Biberius.

Als er sich gerade einen weiteren Schluck des Wässerchens einverleiben wollte, öffnete sich vorsichtig die Tür und der Angestellte Mahler schlich herein. Sofort schrie Gangolf ihn an, er sei wohl verrückt geworden, ohne anzuklopfen seinen Herrschaftsbereich zu betreten. Mahler erwiderte, es tue ihm Leid und liege an der Aufregung, die sich seiner bemächtigt habe. Gangolf schickte ihn dennoch mit der Aufforderung vor die Tür, anständig bei ihm vorzusprechen. Folgsam verließ

Mahler das Zimmer und klopfte von außen an Gangolfs Zimmertür. Der wartete eine geraume Weile, bis er ihn hereinzitierte. Nachdem Mahler wieder vor ihm stand, wollte Gangolf in Herrenmenschmanier von ihm wissen, was sein Begehr sei. Einen Platz bot er ihm nicht an, dafür war Mahler wirklich zu unterchargig.

Mahler berichtete nun betreten, dass seine Frau einen Unfall erlitten habe und mit gebrochenem Bein ins Krankenhaus eingeliefert worden sei. Ihr gemeinsamer siebenjähriger Sohn sei jetzt allein zu Hause und er müsse sich nun um ihn kümmern. Er bat Gangolf darum, aus diesem Grund den Dienst vorzeitig verlassen zu dürfen. Das komme überhaupt nicht in Frage, entgegnete Gangolf, da könne ja jeder kommen, außerdem sei die Frau noch nicht tot und sein Sohn in einem Alter, in dem Mozart europaweit Erfolge als Konzertpianist gefeiert habe. Dann wies er Mahler mit Feldherrenstimme zurecht, es sei untersagt, den Dienst vorzeitig zu verlassen, was er im Übrigen täglich tue, da er ihn schon ab 16 Uhr an der Bushaltestelle vor dem Dienstgebäude stehend aus seinem Fenster erblicken könne. Auf Mahlers kläglichen Einwand, die Person, die da täglich stünde, wäre sein Zwillingsbruder Ede, verlor Gangolf die Contenance und schrie, er lasse sich nicht verarschen, das könne er seinem Schäferhund erzählen und dieser Meineid habe ein Nachspiel.

Danach erklärte er die Audienz für beendet und forderte Mahler auf, umgehend den Saal zu räumen. Bester Dinge kehrte er dann wieder dem harten Büroalltag den Rücken und begab sich zu

seinen Mittrinkern. Dort näherte sich die Stimmung dank der mittlerweile eingetroffenen Bierration ihrem Höhepunkt.
Freudestrahlend erzählte er die kleine Episode mit Mahler und erwartete den sicher gleich einsetzenden Beifallssturm.
Leicht verlegen grinsten die Burschen vor sich hin, bis Hubertus lautstark äußerte, da habe er aber einen riesigen Bock geschossen, denn jeder wisse, dass Mahler einen Zwillingsbruder mit dem Namen Ede habe und der täglich mit dem Bus fahre, während Mahler erst um 17 Uhr mit einer Fahrgemeinschaft den Heimweg antreten würde.
Überlegen erwiderte Gangolf, das sei ohne Bedeutung, da aus machtstrategischen Gründen der einzelne Untergebene in sporadisch wiederkehrenden Zeiträumen abzustrafen sei, da bekanntermaßen jeder etwas auf dem Kerbholz habe, auch wenn lange nicht alle Missetaten herauskämen.
Er führte weiter aus, gerade die von ihm so erfolgreich praktizierten Schnellverfahren förderten die Arbeitsbereitschaft des Fußvolkes ungemein und dies wäre gleichbedeutend mit besseren Leistungen. Das ginge nach der Methode Zuckerbrot und Peitsche.
Dose erklärte Gangolf nun, er könne froh sein, dass er nicht der Untergebene Gangolfs sei, da ihm ein probates Allheilmittel für solche Hauruckmethoden geläufig wäre: Nämlich ein kräftiger Tritt in den Allerwertesten, am besten mit Anlauf. Den würde er dann Gangolf prophylaktisch jeden Morgen bei Dienstantritt, auch in diesem Wort ließe sich bereits die Wortwurzel „treten" deutlich erkennen, verabreichen, damit jener nicht auf dumme

Zuckerbrot- und- Peitsche- Ideen kommen würde. Alle im Raume wussten, dass es sich bei diesen Ausführungen Doses keineswegs um eine Drohung, sondern um ein heiliges Versprechen handelte, dass er auf jeden Fall auch halten würde. Gangolf selbst hatte nicht den geringsten Zweifel am Wahrheitsgehalt der Doschen Ankündigungen. Er wollte sich aber keinesfalls auf eine von Dose gewünschte verbale Kraftmeierei einlassen und so markierte er ungebremste Heiterkeit, wobei er sich an einem kraftvollen Männerlachen versuchte. Die Vorstellung war zwar nicht übermäßig professionell, löste aber die eingetretene Spannung. Auch Dose, der wieder einmal unwidersprochen provozieren durfte, gab sich sofort friedfertig. Er war nun einmal ein sehr umgänglicher Zeitgenosse, wenn man ihn nicht reizte.

So tat ein jeder, was er am liebsten machte und testete die Leber auf Herz und Nieren.

Da alle außer Labello über ein abgehärtetes Entgiftungsorgan verfügten, würde sich der angerichtete Schaden in Grenzen halten.

Schnell flammten die altbewährten Themen Alkohol, Fußball und Frauen wieder auf und erfuhren ihre zigtausendste Variation.

Klever verlangte nach einem hellen und schön scharf gebrannten Schnaps. Scheibe und Dose unterstützten diese Forderung lautstark. Dank der gehorteten Vorräte Kannes war der Wunsch schnell erfüllt. Auch Schmeichel, über den zu Hause ein striktes Alkoholverbot verhängt war, griff gierig nach einem der randvoll gefüllten Gläser. Gangolf lehnte Schnaps trinken als unsportlich ab. Er dachte in Hektolitern und nicht in Dezilitern. Mittels einer Flasche Schnaps versetzte sich Klever in einen Zustand, für den Gangolf an schlechten Tagen 2 Kasten Bier trinken musste. Doping ziemte sich nicht für einen Kampftrinker, wie Gangolf sich gerne outete.

24.

Die Rotte erhielt unerwartet Zuwachs, als Roman Rottentaler erschien. Mit lautem Hallo wurde er von den sich in Verbrüderungsstimmung Befindlichen empfangen. Auch Roman war ein Gezeichneter, und zwar von seinem Lebenswandel. Sein exzessives Trinkverhalten hatte ihn zur Strafe mit vorzeitig geweißeltem Haar bedacht. Bekannt war er als der „Admiral". Das resultierte daraus, dass er ein Ruderboot besaß und damit über den Bostalsee geschippert war. Nachdem er weitere 6 Seen in der näheren Umgebung maritim erkundet hatte, nannte er sich den Herrn der sieben Seen. Er pflegte starke 2 Stunden am Tag an der harten Bürofront auszuharren und sich den Rest des langen Arbeitstages auszuruhen.
Er ging einem wirklich stressigen Hauptberuf nach, der in Wirklichkeit seine Berufung darstellte. Er war stolzer Besitzer einer Kneipe. In seiner allabendlich proppevollen Destille, im schönen Delphinshausen gelegen, entwickelte er eine Betriebsamkeit, die alle überraschte, die sein Arbeitstempo auf der Behörde kannten. Stets aufmerksam sorgte er für immer

randvoll gefüllte Gläser und zechte zur Ankurbelung des Unsatzes mit der durstigen Kundschaft. Ein von ihm selbst kreiertes Getränk mit dem zutreffenden Namen „Zerstörer" war der Renner im Hause Rottentaler. Dabei handelte es sich um ein mit Starkbier gefülltes Bierglas, in das zur Abrundung ein mit Strohrum befülltes Schnapsglas eingelassen wurde. Die Vermischung der beiden Zaubertränke beim Austrinken des Gefäßes führte bei jedem Genießer hammerschlagartig zur größtmöglichen Bewusstseinserweiterung.

Der bereits namentlich erwähnte Extremtrinker Hans-Oskar Kurz hielt den ungeschlagenen Hausrekord. Nach Verabreichung des achten Zerstörers war er besinnungslos zusammengebrochen. Das war ein Rekord für die Ewigkeit. Weil Roman bis spät in die Nacht werkelte, hatte er sich tagsüber Erholung redlich verdient. Und da sich in seinem Arbeitszimmer nicht nur zufällig ein gemütliches 2-Personen-sofa befand, wurde dies diensttäglich seiner Bestimmung zugeführt.

Einmal wurde er von Gangolf zart aus dem Schlummer gerissen, der ihm verständnisvoll zu verstehen gab, sein überlautes Schnarchen würde die fleißigen Kollegen in ihrer Konzentration beeinträchtigen und ihm daher empfahl, zukünftig die Kemenatentür geschlossen zu halten. Der Vorteil, aktives Mitglied einer trinkenden Bruderschaft zu sein, war eben ein unbezahlbarer. Von Wally informiert, war er herbeigeeilt, um sein Scherflein zum Gelingen des Festes beizutragen.

Nachdem Roman eingetroffen war, machte Schmeichel
Anstalten, sich zu verabschieden. Schnell trank er noch einen
weißen Schnaps und streckte dann Kanne seine zitternde Rechte
zum Abschied entgegen, nicht jedoch ohne das Fehlen von
Essbarem zu bemängeln. Daher müsse er nun vorzeitig die
Heimfahrt antreten, um sich von den Kochkünsten seiner
Ehefrau hoffentlich aufs Angenehmste überraschen zu lassen.
Dose riet ihm freundschaftlich, alle grün-weißen Fahrzeuge
weiträumig zu umfahren und Polizeikontrollen zu meiden.
Darauf entgegnete Schmeichel, dass er bereits seinem Fräulein
Schmal Weisung erteilt habe, die zuständigen Polizeidienststellen
zu instruieren, von welchen Straßen sich die Jungs in grün
fernzuhalten hätten. Dann wankte er grinsend und mit den
Armen rudernd hinaus.
Neiderfüllt ob der sich Schmeichel bietenden Optionen, starrten
ihm alle hinterher. Nur für Klever spielte das keine Rolle, da er
ganz in der Nähe wohnte und täglich per pedes seine Arbeis-
stätte erreichte.
Mittlerweile war der Dienst offiziell beendet. Darüber wurde
aber großzügig hinweggesehen. Schließlich opferte man einem
guten Betriebsklima gerne seine Freizeit, zumal die Zeit nach
Dienstende als Überstunden gutgeschrieben wurde und dazu
genutzt werden konnte, in absehbarer Zeit mit den angesparten
Stunden einen Nachmittag freizumachen und das höchst offiziell.
So zechte man bester Dinge vor sich hin, bis eine Sirene plötzlich
losjaulte und Schrecken verbreitete. Was war geschehen?
Bombenalarm oder gar Feuersbrunst? Hatten sich böswillige

Islamisten vorgenommen, das Leben der friedlichen Trinker auszulöschen?

Nichts dergleichen. Die Sirene war der akustische Hinweis, dass die Pforten des gastlichen Gebäudes geschlossen werden sollten und den noch im Haus befindlichen Personen die Möglichkeit eingeräumt wurde, nunmehr spurtend zur Pforte zu hetzen, um sich vor dem drohenden Einschluss zu retten. Alle hasteten zum Ausgang und erblickten in der Pforte Pavel Foll, der mit dem Öffnen und Schließen der Türen nach Dienstende betraut war. Schief hing er im behördeneigenen Drehstuhl. Die Augen quollen aus den Höhlen, während die Haare jegliche Disziplin verloren hatten und ungeordnet von allen Seiten seines quadratischen Kopfes herabhingen. Seine rechte Hand hielt eine Sektflasche umklammert, aus der er in kleinen regelmäßigen Schlucken das darin enthaltene Lebenselixier saugte.

Als er Gangolf erblickte, verzog er angewidert das Gesicht und sein Mund formte Wortgebilde, die auf Bezeichnungen, wie „Arschloch" und „Oberarschloch" hinzudeuten schienen. Da das dicke Sicherheitsglas allerdings keine eindeutigen Schlussfolgerungen zuließ, tat Gangolf so, als habe er nichts bemerkt und tappte hinaus in die Freiheit zu den dort bereits wartenden Kameraden. Nun wurde beratschlagt, was man mit dem angebrochenen Abend noch anfangen solle. Klever schlug vor, man könne doch noch einen trinken gehen. Die Qualität dieses Vorschlages leuchtete sofort ein. Nur Knut, der sich die letzte Stunde relativ ruhig verhalten hatte, spielte plötzlich Springflut und ergoss einen Redeschwall über die Zecher.

Den erratenen Worten „Halla, Halla, Halla" entnahmen die Eingeweihten, dass sein trautes Weib, das auf diesen Namen hörte, seiner harre und er im Zuge einer ehelichen Konfliktvermeidungsstrategie gezwungen sei, den Weg nach Hause anzutreten.
Diejenigen, die seine Halla gut kannten, konnten sich der Logik seines Vorhabens nicht entziehen und nickten verständnisvoll. Nur Kanne knurrte verächtlich, er sei ein Schlappschwanz und solle sich doch einmal an ihm ein Beispiel nehmen. Er zeige es heute seiner Alten, er sei ein richtiger Mann, ein stolzer Hahn eben. Darauf erwiderte Maurer ebenso schlagfertig, wie für alle verständlich, er selbst sei ein zu alter Mann, um die Nacht auf eine Parkbank zu verbringen. Er empfahl Kanne noch wohlwollend, sich für die kalte Nacht mit reichlich Zeitungen zu versorgen, grüßte würdevoll die restliche Mannschaft und verschwand.
Koller nutzte die entstandene Pause, um ein Lied anzustimmen. Rachowitz stimmte sofort mit ein. Auch Dose nahm dankbar die gebotene Gelegenheit wahr, seiner frappanten Unmusikalität Ausdruck zu verleihen. Im Nu war der Sylkosakenchor geboren und da eine Geburt in der Regel schmerzhaft ist, war dieses Ereignis für Zuhörer unleugbar mit großen Schmerzen verbunden. Nur Rachowitz war einigermaßen in der Lage, einen Ton zu halten, während die anderen auf Teufel komm raus mitgrölten. Da sich der spontane Auftritt auf der Straße vor dem Dienstgebäude abspielte und auf der gegenüberliegenden Seite Wohnhäuser standen, öffneten sich dort einzelne Fenster und es

erklangen Schmähungen, die einen großangelegten Einsatz des örtlichen Überfallkommandos ankündigten und die sofortige Liquidierung der insurgenten Sänger verhießen.
Gangolf, der größere Verwicklungen befürchtete, befahl daher die sofortige Einstellung der Singhandlungen, formierte seine Chorscharen und erteilte Abmarschbefehl in die an der Ecke gelegene Gastwirtschaft „Bergschänke".
Dort rückte der wilde Haufen nicht nur siegestrunken ein.

25.

Geführt wurde die Stehbierhalle von einer attraktiven jungen Griechin, die sich weiblicher Alexander, mithin also Alexandra, nannte. Seitdem sie das Lokal übernommen hatte, war die Zahl derer, die einen Abstecher in die Bergschänke machten, sprunghaft angestiegen, Nicht zuletzt wegen Alexandra hatte Gangolf seine Mannen dorthin geführt.
Gangolf begrüßte Alexandra betont vertraut und tätschelte sowohl ihre Wange als auch ihr verlängertes Rückgrat. Diese Geste, die nur rein großväterlich gemeint war, löste ungeahnte Reaktionen aus. Zum ersten missfiel es Wally, dass ihr Gangolf Hand an andere Frauen legte. Wally hatte zu nun doch fortgeschrittener Stunde ein Stadium erreicht, das nur mit der Bezeichnung volltrunken einigermaßen zutreffend wiedergegeben werden kann. Lallend und mit hektisch roten Flecken im Gesicht, trat sie Gangolf ans Schienbein und

versuchte mit sich überschlagender Stimme darzulegen, dass Alexandra eine Bordsteinschwalbe allereinfachster Machart sei. Bei dem Versuch, dem Schwälbchen ein wenig die Federn zu rupfen, verlor sie ihr bis dato so mühevoll bewahrtes Gleichgewicht und fiel auf den Hintern, der zu ihrem großen Leidwesen den ganzen Tag über unbeachtet geblieben war. Der Schock des jähen Absturzes raubte ihr auch noch den letzten Rest an verbliebener Fassung. Kreischend tat sie kund, eine Frau solle sich nicht mit verheirateten Männern einlassen, da diese noch nicht einmal ihren Geliebten die Treue halten würden, wie jeder an Gangolf Nessel sähe.

Gangolf, der sein kleines Geheimnis bisher gut gewahrt wähnte, bekam sehr weiche Knie. Um weitere Offenbarungen, möglicherweise über seine Leistungsfähigkeit in rein sexueller Hinsicht, zu verhindern, bat er König und Kanne, der Dame auf die Beine zu helfen und sie dann in ein vor der Tür wartendes Taxi zu verfrachten. Dümmlich grinsend taten die beiden, wie ihnen befohlen und schleppten die Widerstandslose ab.

Gangolf erklärte den gespannt lauschenden Zuhörern, dass er beim besten Willen nicht wisse, was über die Kollegin gekommen sei, hier Gerüchte zu streuen, die ihn in eine prekäre Lage bringen konnten, vollkommen ungerechtfertigter Weise natürlich.

Er bat daher um absolutes Stillschweigen, was ihm auch sofort zugesagt wurde. Schließlich befand man sich unter Männern und jeder beschloss, das Gehörte nur den engsten und vertrauenswürdigsten Mitarbeitern anzuvertrauen, unter dem Siegel strikter Vertraulichkeit selbstredend.

Nun meldete sich jemand zu Wort, dem Gangolfs Vertrautheit mit Alexandra ebenfalls missfallen hatte. Dieser jemand hieß Spiros, der Lebensgefährte von Alexandra. Obwohl er für seine Person die Zumutung partnerschaftlicher Treue ablehnte, legte er großen Wert darauf, dass auf seine Alexandra niemals auch nur der Schatten eines Verdachts der Untreue fiel.

Da die Natur es mit ihm sehr gut gemeint hatte, er hätte jederzeit in einem Spielfilm Arnold Schwarzenegger doubeln können, war er es gewohnt, dass seinen Worten aufmerksam gelauscht wurde.

Gemächlich walzte er in Gangolfs Richtung, ergriff mit geübter Schwergewichtsboxerhand geradezu liebevoll dessen linkes Ohr und knetet dieses etwas. Gangolf, der sich wieder einmal unberechenbaren Mächten ausgeliefert sah, biss mannhaft auf seine künstlichen Zähne und probierte ein Lächeln, während sich seine Augen wegen des bohrenden Schmerzes langsam mit Wasser füllten.

Dann ließ Spiros von ihm ab und fragte Gangolf, ob man sich gut verstehe. Gangolf bekundete Übereinstimmung und Klever zeigte mit ausgestrecktem Arm auf Spiros und schrie: " Du schmeißt jetzt eine Runde." Bei dem zu erwartenden Umsatz wollte sich der kühl kalkulierende Spiros dieser Aufforderung nicht entziehen. Zusätzlich kredenzte er noch pro Mann einen Ouzo, getreu dem altgriechischen Motto „Ouzo ist Usus".

Im Laufe des abendlichen Umtrunkes erinnerte sich Gangolf daran, dass er von seinen täglichen 10 Euro bereits 7 Euro für sein Frühstückchen investiert hatte. Wenn er weiter schlemmen wollte, musste er das auf fremde Rechnung tun. So forderte er seine Getreuen auf, Runden zu geben. Er könne sich leider nicht beteiligen, da seine Geldbörse in Verlust geraten sei. Mit Ausnahme von Rachowitz und Dose, die meinten, sie würden gerne einen ausgeben, aber nur auf freiwilliger Basis, waren alle einverstanden.

26.

Mit fortschreitender Alkoholaufnahme wurde Rachowitz zunehmend beschwingter. Er platzierte sich neben Gangolf an der Theke und schaute ihm lang und intensiv in dessen schielende Äuglein. Dann löste sich seine Zunge und frei und ungezwungen erzählte er von seinem Hund Teddy, wobei dessen lobenswerte Charaktereigenschaften wieder einmal über alles gepriesen wurden und Gangolf erneut bescheinigt wurde, ebensolche nicht zu besitzen. Außerdem, so Hubertus, sei Teddy viel hübscher als Gangolf. Das sei aber nicht Gangolfs Schuld. Das läge an den Genen und in der Genlotterie habe Gangolf nur Nieten gezogen. Möglicherweise hänge sein erschütterndes Äußeres aber auch mit in früheren Leben begangenen Übeltaten zusammen, führte Hubertus weiter aus, der die Gedankenwelt des Buddhismus für logischer erachtete als jungfräuliche

Geburten. Bei der nächsten Wiedergeburt wünsche er ihm auf jeden Fall mehr Glück und einen erheblich besseren Charakter. Bevor Gangolf zu einer Erwiderung ansetzen konnte, rumste es und als er hinsah, konnte er Brauer wahrnehmen, der auf dem Rücken lag wie ein umgestülpter Maikäfer.

Von den meisten unbemerkt, hatte sich ein Drama ereignet. Brauer neigte nach übermäßigem Alkoholgenuss zu einem übermütigen Verhalten, das in diesem Fall als ungesund bezeichnet werden musste. Er hatte sich diesmal Dose als potentielles Opfer auserkoren, was nur mit dem Grad der mittlerweile erreichten Alkoholisierung hinreichend entschuldigt werden konnte. Wirr lächelnd hatte er ein Telefonbuch ergriffen und es Dose auf den Kopf gehauen. Dose, der an das Gute im Menschen glaubte, hielt das zuerst für eine Verwechslung und hob nur mahnend seinen Finger und bat ihn, sein Denkgehäuse fürderhin zu schonen, da er es im Gegensatz zu Brauer ja noch benutze.

Diese milde Reaktion förderte aber Brauers Mutwillen und er schlug das Telefonbuch erneut auf Doses Haupt. Da erinnerte sich Dose an die Grosstaten eines Cassius Clay und schlug einen pfeilgeraden rechten Schwinger an Brauers Kinn. Das Ergebnis, das sich daraufhin einstellen sollte, wurde bereits geschildert. Leicht benommen und sehr ungläubig starrte Brauer Dose an und hieß ihn dann Kameradenschwein. Er habe schließlich nur einen kleinen Spaß gemacht. Aber nun wisse er, dass Dose humorlos sei und zu Überreaktionen neige. Schwankend erhob er sich, was allerdings am konsumierten Alkohol und nicht an der Wirkung des Boxhiebes lag, schrie nach der Rechnung, zahlte, suchte und fand den Weg zu seinem Drahtesel und fuhr mit demselben nach Hause, nicht ohne den Autofahrern, die ihm unterwegs begegneten, ein anerkennendes Staunen wegen der dargebotenen Akrobatik abzuringen.

Nachdem nun der absolute Höhepunkt überschritten war, fand man, dass es an der Zeit sei, diesen Festtag ausklingen zu lassen. Es wurde schnell noch ein Schlummertrunk bestellt und nach Entrichtung der Zeche zog ein jeder seines Weges.

Dose, der ein Taxi bestellt hatte, versuchte Koller, der den gleichen Heimweg hatte zu überreden, das Auto stehen zu lassen und mit ihm Taxi zu fahren.

Koller, der sein schockierendes Erlebnis mit dem heimtückisch auf die Straße springenden LKW wieder erfolgreich verdrängt hatte, meinte, er habe kaum was getrunken und sei sehr wohl fahrtüchtig. Ermahnungen war er wie üblich nicht zugänglich. Breitbeinig und mit glasigen Augen versuchte er, seine Fahrertür zu öffnen, was ihm aber auf Anhieb nicht gelingen wollte. Nach mehreren Fehlschlägen schaffte er es doch, stieg frohlockend ein und fuhr in Schlangenlinien heimwärts.

Dose und Rachowitz nahmen ein Taxi und gelangten unversehrt nach Hause. Das schaffte auch König, der sich alkoholisiert wieder einmal als sicherer Fahrer präsentierte. Klever und Labello erreichten zu Fuß ihre jeweiligen Domizile.

Kanne wanderte an die Ufer der Syl und suchte seinen Stammplatz, eine Parkbank, auf.

Rottentaler hatte Pech. Er geriet in eine Polizeikontrolle und musste seine Fahrerlaubnis für die nächsten 15 Monate entbehren.

Scheibe war in der Bergschänke eingeschlafen und Wiederbelebungsversuchen gegenüber nicht zugänglich. So durfte er mit Billigung der Kneipiers in der Gaststätte übernachten, was sich im Nachhinein als Fehler erwies. Denn des Nachts erwachte Scheibe aus seinem Koma, fand sich in dunkler und fremdartiger Umgebung und erhob seine Stimme, um Hilfswillige zu seiner Rettung herbeizuzitieren. Da in dieser Gegend aber keine Hilfswilligen zu wohnen schienen, bekam er einen Tobsuchtsanfall, zertrümmerte das Mobiliar und wurde von einer nun herbeigerufenen Polizeistreife in eine Ausnüchterungszelle gesteckt. Dort schlummerte er nun beruhigt und angstfrei einem neuen Diensttag entgegen. Den von ihm angerichteten Schaden beglich er übrigens anstandslos.

27.

Gangolf stellte sich an eine Bushaltestelle und wartete auf einen Bus, der Richtung Hauptbahnhof fuhr. Nach geraumer Zeit kam tatsächlich noch ein öffentliches Verkehrsmittel und sammelte ihn ein. Als der Bus den Bahnhof beinahe schon erreicht hatte, stand er auf und begab sich zur Tür, um das Öffnen derselben abzuwarten. In dem Moment, in dem sich besagte Tür öffnete, fühlte Gangolf sich leicht und schwerelos wie ein Falke. Er flog also sofort los. Als er wieder zu sich kam, ruhte sein Haupt auf dem kalten Asphalt.

„Ammes im Orpmung", nuschelte er auf die Frage des aufgeregt neben ihm knienden Busfahrers nach seinem Befinden und bemerkte dann, dass die obere Zahnprothese einen Fluchtversuch unternommen hatte. Zu allem Unglück war auch der einzig ihm verbliebene eigene Zahn, an dem die künstlichen Brüder Halt gefunden hatten, in Rente gegangen und nicht mehr auffindbar. Benommen kam er wieder auf die Beine, klaubte die Reste des Kaugeheges vom Boden und steckte es in die Anzugsinnentasche. Dann suchte er geschwind das Weite. Er beschloss, an diesem Abend nur noch das allernotwendigste zu sprechen und ansonsten die Kiemen fest geschlossen zu halten. Im Bahnhof angekommen, wärmten sich dort einige Obdachlose, vom Volksmund voller Mitgefühl als Penner bezeichnet, auf. Nachdem einer von ihnen Gangolf erblickt hatte, kam er auf ihn zu und fragte, ob er von einem Zug überrollt worden sei. Gangolf konnte nur stumm nicken. Darauf hielt ihm der Bruder in Christo eine 5 Liter Flasche Weißwein der Marke „Puttmacher" hin. Gangolf ergriff den Seelentröster und schüttete einen halben Liter in sich hinein. Dadurch halbwegs wieder hergestellt, machte er zum Abschied eine segnende Handbewegung und verschwand wortlos.

Auf dem Bahngleis angekommen, konnte er dem Richtung Nahwalden entschwindenden Zug nur hinterherwinken und musste sich auf ein Stündlein Wartezeit einstellen, bis der nächste Zug abfuhr. Er setzte sich auf eine der leeren Bänke und ruhte ein wenig. Nach einigen Minuten erholsamen Schlafes erwachte er und fand sich von dubios aussehenden Burschen umstellt. In ihrer Haartracht ähnelten sie Scheibe und Koller. Aber dass all die jungen Buben bereits an Haarausfall laborieren sollten, wollte ihm nicht so recht einleuchten.

An den Füßen prangten wuchtige Stiefelchen und die wohlgenährten und gepflegten Körper schienen Zeugnis dafür abzulegen, dass diese Knaben beschäftigungslos waren und lieber Sozialhilfe in Anspruch nahmen. „Besch wohl änna vonn unns", witzelte einer der Skinheads, auf Gangolfs offen getragenes Haar anspielend. Darauf murmelte der so Angesprochene, er sei der Geschäftsleiter der sylvanischen Ermittlungsbehörde und außerdem Träger der diamantenen Nahkampfstange der Fremdenlegion. Mit diesen Hinweisen hoffte er, die Meute gebührend zu beeindrucken. Seine Bemerkung führte allerdings zu ungebremster Heiterkeit. Der Häuptling der Rotte, ein baumlanger Gesell mit flacher Stirn und Gorillaarmen, wollte sich gar nicht mehr beruhigen und sagte zu seinen Hilfssheriffs, die Penner von heute würden immer phantasievoller und spaßiger.

Dann wies er Gangolf darauf hin, dass der sich in einem Bahnhof befinden würde, der nicht als Heimstatt für heruntergekommene Trinker diene, sondern ehrbaren Steuerzahlern wie ihnen vorbehalten sei. Er ermahnte ihn, sich hier zukünftig nicht mehr sehen zu lassen, da ansonsten strenge Endlösungsmaßnahmen gegen ihn ergriffen würden. Danach stimmte er das Deutschlandlied an, wobei seine Spießgesellen umgehend mitsangen. Mit leichten Schlägen auf seinen Hinterkopf wurde Gangolf stimuliert, doch auch zu singen, was er sich denn nicht nehmen ließ.

Nachdem er zum Abschied jeden der Wahrer des Rechtes mit erhobenem rechten Arm zurückgrüßen durfte, zogen die Wegelagerer frohgemut hinfort. Der zurückgebliebene Gangolf war nun mit seinen Nerven völlig am Ende und mit zittrigen Knien und wachsweichen Armen stolperte er auf den soeben in den Bahnhof einlaufenden Zug zu.

Die Pünktlichkeit der teutonischen Bundesbahn nahm er überaus gerührt und dankbar zur Kenntnis. Fürs Erste fühlte er sich aus großer Not befreit, wie einst Daniel aus der Löwengrube.

Er betrat eines der Abteile, ließ sich nieder, zog aus seinem Jackett ein Schild mit der Aufschrift „Bitte in Nahwalden wecken", hängte es um seinen Hals und war gleich darauf eingeschlafen.

Nach einiger Zeit wurde er von einem Bahnbeamten, der ihn und sein Schild gut kannte, geweckt, da der Zug nun in seinen Heimathafen einlief. Breitbeinig kletterte er aus dem Zug und machte sich auf den beschwerlichen Heimweg.

Am Nesselhaus angekommen, versuchte er mittels eines Haustürschlüssels Einlass zu finden. Da sich das Türschloss aber immer dann geschmeidig zurückzog, wenn er es gerade anvisiert hatte, stellte er seine Bemühungen endlich ein und fing an, nach der Türglocke zu fahnden. Als seine Suchmaßnahme von Erfolg gekrönt wurde, hub er an, dieselbe zu betätigen. Nach einigen

Malen heftigen Sturmläutens ward ihm aufgetan, und zwar von Gertrude. Als diese ihn erblickte, entwanden sich kräftige Geräusche des Zorns ihrer Kehle.

Sie zog ihn in den Hausflur und verpasste ihm gleich einen Willkommensfußtritt. Auf ihre Frage, was ihm einfalle, in einem derart derangierten Zustand bei ihr vorzusprechen, nuschelte er, er habe infolge Kreislaufbeschwerden vorzeitig den Bus verlassen müssen, wonach er dann bewusstlos zusammengebrochen sei.

Glatzköpfe, die er noch verschwinden sah, als er wieder zu sich kam, mussten sich über ihn, den Wehrlosen, hergemacht und ihr Mütchen gekühlt haben. Anders könne er sich sein Aussehen wirklich nicht erklären. Als er auf Gertrudes Frage, wieviel er denn eigentlich getrunken habe, die Unverfrorenheit besaß, fast nichts zu antworten, riss dieser der so lange strapazierte Geduldsfaden. Mit dem Hinweis auf das Gebot „Du sollst nicht falsch Zeugnis reden", verabreichte sie ihm eine krachende Maulschelle.

Gangolf erreichte ungefähr die Startgeschwindigkeit einer Raumfähre und rauschte in den Garderobenschrank, der seinen Aufprall leicht abfederte.

Nachdem er sich wieder aufgerappelt hatte, setzte Gertrude ihre inquisitorische Befragung fort und begehrte zu wissen, wo ihr Geschenk sei, das er heute Morgen ihr mitzubringen versprochen hatte. Schuldbewusst blickte Gangolf zu Boden und nahm davon Abstand, eine Antwort geben zu wollen. Gertrude, die ob seiner Sturheit in Raserei zu verfallen drohte, wollte ihn erneut züchtigen.

Doch plötzlich stand Gundi, die durch das Toben und Lärmen aus süßem Schlummer hochgeschreckt war, vor ihrem schwer verwundeten Vater und herrschte Gertrude an, jetzt sei aber Schluss mit Verdruss. Papa habe sichtlich einen schweren Tag gehabt und zeternd fuhr sie fort, diese Gewalttätigkeit stinke ihr gewaltig und sie wolle auch einmal in einer ganz normalen teutonischen Familie leben, in der der Papa die Mama verhaut und nicht umgekehrt.

Gertrude kam dank des Lamentos von Gundi langsam wieder zur Besinnung und stellte die Angriffshandlungen ein. Milde gestimmt, gestattete sie Gangolf, sich noch einen allerletzten Schlummertrunk einzuverleiben und schickte ihn anschließend zu Bett.

Auf dem Weg dorthin überraschte ihn der Pudel Adolf, den er des Morgens noch malträtiert hatte. Er biss den Kampfesmüden in die Wade und retirierte blitzschnell. Wegen dieser Heimtücke gram – und schmerzerfüllt beschloss Gangolf, nach der sich demnächst sicher ereignenden Exekution Gertrudes auch Adolf den Weg in den Hundehimmel zu bahnen.

Mit diesen ihn tröstenden Gedanken entkleidete er sich, hing seinen Anzug vorschriftsmäßig auf den dafür vorgesehenen Kleiderbügel, nahm seine Zähne aus dem Anzug und legte diese in ein Wasserglas, benetzte seine feisten Wangen mit ein paar Tropfen Wasser, schlüpfte in den Pyjama und dann unter die Deck'.

In Lichtgeschwindigkeit entflohen seine unheilschwangeren Gedanken einer rauen Wirklichkeit und suchten Zuflucht im Reich der Träume.

28.

Er ging geradewegs zur örtlichen Polizeistation, um dieser das spurlose Verschwinden Gertrudes anzuzeigen. Er bemühte sich angestrengt, erschüttert und besorgt zu wirken, konnte aber nicht verhindern, dass er zuerst nur fröhlich grinste und anschließend sein Körper von Lachsalven geschüttelt wurde. Dem misstrauisch werdenden Beamten erzählte er, dass er beim Zahnarzt gewesen sei und der ihm Lachgas verabreicht habe. Frohgemut tänzelte er nach Hause, um mit Adolf abzurechnen. Das Mistvieh hatte sich unter dem Sofa verborgen. Gegen eine wohlgezielte Ladung aus einer plötzlich in seiner Hand befindlichen Wasserpistole war Adolf allerdings machtlos und so ergab er sich. Nun befand er sich unversehens auf der Dienststelle und hielt ein Gedicht auf einem weißen Blatt Papier in der Hand. Er las das Gedicht:

Der Gangolf Nessel wunderbar,
der glaubt, er wär ein Superstar,
denn er leitet die Geschäfte,
überschätzt nie seine Kräfte,
kurz und gut, ob Mann, ob Frau,

ein jeder weiß, er dünkt sich schlau.
Zuweilen ereignen sich dann Sachen,
die alle etwas stutzig machen.
Fährt er mal Bus, ist nicht gewiss,
dass morgen passt noch sein Gebiss.
Denn wenn die Busse einmal schwanken,
fängt Gangolf sehr schnell an zu wanken,
er legt sich auf den Boden hin
und stützt sich ab per Doppelkinn.
Den Zähnen ist die Sache peinlich,
doch Zähne sind nur selten kleinlich.
Sie geben dann dem Drucke nach
und liegen für ne Weile brach.
Doch auch ein Gutes hat der Fall,
jetzt kann er stets und überall,
erzählen, wie der Fall passiert
und wie man schnell nen Zahn verliert.
Und die Moral von der Geschicht:
Fahr niemals mit dem Busse nicht.
Dann bleibst Du fit und voller Power
Und Deine Zähne sind nie sauer.

Gangolf wusste sofort, dass nur Johannes Dose dieses Machwerk verbrochen haben konnte. Der Schmierfink war schnell herbeizitiert. Mit eiskalter Stimme eröffnete er Dose, dass der wegen Majestätsbeleidigung unehrenhaft aus dem Dienst entlassen und anschließend der Inquisition überantwortet würde.

Dose begann zu jammern und sein Geschick bitterlich zu beklagen. Er erklärte Dose nun geradezu zärtlich, dass er viel Verständnis für dessen Situation habe, Recht aber nun mal Recht bleiben müsse und man da gar nichts tun könne.

Um ihm dennoch eine Chance zu geben, ließ er sich dazu herab, mit Dose ein wenig zu exerzieren. Der musste strammstehen, den Kopf rechts oder links drehen, in die Knie gehend herumhüpfen und quaken wie ein Riesenfrosch, ihm die schmutzigen Schuhe putzen und dreimal „Heil Gangolf" schreien. Dann verkündete er ihm, dass er seine Bewährungsmöglichkeit nicht genutzt habe und es bei dem Rausschmiss bleibe. Dose habe nicht genügend kooperiert.

Jetzt brach Dose endgültig zusammen. Er lief zu einem Fenster, öffnete es, sprang hinaus und flog davon , sich in einen zwei Zentner schweren Raben verwandelnd.

Der Wecker schrillte und Gangolf erwachte mit einem breiten Grinsen das seine Züge verschönte. Der Tag begann so hoffnungsvoll, bis sich die Umrisse von Gertr.....

Der Autor

Joachim Werner Drießler, genannt JWD oder Franz oder GröRaZ, wurde geboren und zwar von seiner Mutter.
Nach Sturm- und Trankjahren, in denen er seine Leidenschaft für alkoholische Getränke aller Art entdeckte, wurde er 1984 verehelicht. Dadurch vor frühem Scheitern bewahrt, verläuft sein Dasein in überaus geordneten Bahnen.
Seit 1983 ist er Vollstreckungsdezernent bei einer Ermittlungsbehörde im äußersten Südwesten dieses unseres Landes. Dank dieser Tätigkeit entwickelte er sich im Laufe der Jahre zu einem reifen und wertvollen Mitglied einer von ihm als warmherzig und großzügig empfundenen Gesellschaft.
Seine maßvolle und liebenswürdige Kritik an von ihm entdeckten Fehlabläufen wird von allen Betroffenen regelmäßig dankbar und gerührt zur Kenntnis genommen.
Bekannt wurde er einer kleinen, aber treuen Leserschar durch zahlreiche Gedichte, Märchen, Kurzgeschichten und Gebete.
Sein aufsehenerregendes Erstlingswerk „Die Kollegin" wurde von Kritikern als „realer als die Realität" über alle Maßen gelobt und verschaffte ihm den so sehnlich erwünschten Durchbruch.

Stimmen von mehr oder weniger bekannten Persönlichkeiten zu diesem Werk:

Wolfgang N.: Das verstehe ich nicht. Warum immer ich?

Peter A.: Ich werde mich erst nach Abschluss des Ermittlungsverfahrens gegen diesen Nestbeschmutzer äußern. Dann aber wuchtig.

Gerhard S.: Also mir hat es gefallen, irgendwie drollig. Aber wer ist dieser Shmeichel?

Joachim K.: Die Figuren in diesem Pamphlet sind alle gut herausgearbeitet. Am besten gefällt mir aber der Koller, einfach großartig diese Type.

Ingrid T. undAmalie H.unisono: Ich bring ihn um, den mach ich kalt.

Angelika K.: Nun ja, wenn der die Sache so sieht, da kann Frau nichts machen. Ich kann darüber nur lachen. Ha, ha, ha.....

Marcel Reich-Ranicki
phonetisch: Dasth isthd geine Lideradur, dasth isthd Schundth.

Herstellung und Verlag:
BoD-Books on Demand, Norderstedt
ISBN: 978-3-7412-2374-7